U0102877

Jul.

许倬云先生在匹兹堡家中　许乐鹏　摄　2008 年

世界何以至此

许倬云 著

九州出版社
JIUZHOUPRESS

总　序

当今世界的文明危机与转型

各位读者朋友好，我是许倬云。

这十来年，我们看见世界的变化非常严重。各种不同的文化背景，造成了不同国家彼此间的许多紧张形势。今天的世界打起仗来不像过去，真要彼此扔核弹，大家一锅熬。所以，我对这方面十分担心。

回头想想，我们三千多年前，就是所谓"轴心时代"，几个古代大的文明都出现一批哲人，他们提出一些有关人类文明的基本立场和方向，使这几个大的文化系统都从根上长出新苗，并延续几千年。中华文明和犹太－基督教传统、波斯传统以及伊斯兰传统（伊斯兰传统是从犹太－基督教传统化身出来的），这几个大的传统之间，其实从开始就存在相当根本性的不同。延续下来到今天的世界，当前存在的种种文明冲突，其实并非偶然。如何化解这种种冲突，是要紧的事情。至少我们要知己知彼，既了解中华文明自身的立场，也要理解他者的立场是从何时、何地、如何生根发芽长出来的。我想这种了解，对我们做出若干决策以及反应会有所帮助。

我这四本书，恰好就在处理这些问题，针对东西方文明中不同的文化集团，对其基因间的差异加以剖析。

我们以中国的文化体系来说，从三千年前的西周开始，一直到汉朝建构完成——真正彻底完成要到明代的王阳明。从如此长期的时间段来考察，我觉得中国文明不是论个体，而是论系统，几套系统性的关键要素，互相套叠在一起。在这许多不同层级、相互套叠的系统之内，个人属于第二级、第三级，而非最大或者唯一。整个宇宙也是由不同层次、不同大小以及不同性质构成的，许多系统互相套叠、互相呼应。人在这中间始终是个关键要素：一个区域、文化之内的许多人，构成一个集团、一个系统，个体与系统之间彼此也有相互依存的关系。中国这一套基本观念：阴阳背反、互动，五行相生相克的流转，及其对世间万物、不同情况的归类——包括人与天地的关系，人与人之间的互动，都是以这个认知为基本结构。

这种不同层级相互套叠的系统，在佛教的《华严

经》里表达得非常清楚。而且《华严经》还讲道：种
种系统有虚假的，有真实的；虚假的是真实的反映、映
照，是它的影子，也是个回照。《华严经》指出的这种
复杂关系，恰好与当今量子物理时代的系统论暗合。

而希腊、罗马形态的文明，是以个人为主体。罗
马是从希腊化身出来的。希腊是一个城邦，由几个族
合在一起，共同努力建立一个防卫单位，但是要整队
出发去劫掠别的地方，掠夺别处的资源。他们的系统
对外是敌对、掠夺、竞争，对内是强调个人与群体之
间的平衡。个人居于极大的地位，对任何其他力量不
容让——它是绝对的、自立性的东西，它不是系统的，
而是专断的。在这个文明特色之下，就衍生了一个独
神教。

中古时代，阿拉伯帝国的阿拔斯王朝和盛唐的中华
帝国发生过一次怛罗斯战役，安西都护高仙芝战败。那
次失败，伊斯兰教的世界初试啼声，席卷而上，把两个
大帝国都打败了——中国的疆域被伊斯兰教打破了，波
斯帝国被灭亡。那个时候，正处于人类文明第二个轴心
时代。秉持独神信仰和个人主义的宗教出现了两三家，
而且都信奉强大的、极端的暴力。

到今天我们感觉到，又是这种独神信仰和个人主义
的观念席卷世界。今天中国面临的局面是"一对二"，

以我们自身的文明来面对两个独神教系统：中东的伊斯兰教、欧洲的基督教。独神教的特点是以自己为重，认为上天对他们有特别的恩宠，因此他们拥有特权，可以凌驾于异质文明之上。他们所尊奉的个人主义，发展到一定地步，个人可以挑战集体、挑战系统——美国最近发生的，其实就是这种情形。这种文明之间的冲突，从唐朝以后其实一直都在，很多时候是间接冲突。

到了18世纪以后，发生了更大的冲突，就是我们的文明和资本主义主导的商业经济间的冲突。资本主义商业经济一切谈利，和中国文明一切谈义的立场正相反——西方人谈利不谈义，他们认为"利"就是"利己"。这是人类文明史上又一次的"轴心转换"。这一资本主义系统的强大力量，将伊斯兰教的力量也压倒了；而这种"求利之心"，架在资本主义列车上横扫世界。

我们中国如果跟随西方走的话，大家同样是一切求利。但我们看见在"二战"以后，美国近四五十年显露出的问题，如今愈演愈烈："神""人"之间，现在"神"的力量没有了，"神"对个人不再有约束力；个人的求利之心、求自利之心，变成最重要的动机。所以，这个以个人自由、个人权利、个人独立精神来共同组织一个民主国家的构想，在今天面临极大的危机：这种国家社会，一步步分散，终有一天会溃散到不能运作。溃散以前，掌握权力的人，以其自身利益为着重化，为所欲为，这是极大的危机。

伊斯兰教集团逐渐衰微，被基督教集团压得无法抬头。世界上只有我们中国独自挺在一边，我们还有中国文化系统的旁支。但是这片传统的"中华文化圈"，占据世界四分之一以上的土地，拥有超过世界四分之一的人口，不是无可作为。我们恐怕是当今世界，唯一可以将个人主义的极端性加以矫正的力量，所以，在这个特别的时机，我愿意把这些想法提出来，是心有戚戚焉。

今天读到新闻，说北卡罗来纳州发生枪战，这些人将配电站都烧了。枪战发生的原因，是支持同性恋的组织与保守的宗教组织对抗。我不批评他们的个人选择，但个人主义发展至极端，整个社会就不成组织，必定趋于散漫。

动物里的蚂蚁、蜜蜂是极端集体主义：有工蚁、工蜂做事，蚁后、蜂后负责生产，养了一批提供精子的雄性。它们是集体主义，没有个体在内——这与中国的系统化之内，各种大小单位彼此补充、调节的模式完全不一样。如果我们把个人主义倒反过来，集体主义到了极点的话，也不是我们所需要的、向往的东西。

今天我提出的，第三次世界的轴心时代在"二战"

结束时开始："二战"结束以后，世界被拉到一块，不同思想、不同文化、不同观念、不同利益都被拉到一块，共同谋生。只要不独断地否定其他文明，可以共同求存，不至自我毁灭——国家内部分散到一定地步，就是自我毁灭。

我就说到这里，盼望大家体谅我这老年人的一番心情，可能是过虑，但确实是苦心。这个苦心是为了全体人类，不是为我自己。

谢谢各位。

2022 年 12 月于匹兹堡

目 录

自 序

　　本书主要的部分在于讨论大国崛起的问题，当然这个课题在目前是非常重要的，世界各国的排名秩序正在调整。目前的霸主美国，对于中国的兴起，以及所谓"金砖国家"在工业发展上的成就，感到极度不安。世界秩序确实正在改变，以西欧和美国为主导的国际情势，大概不久之后，就会呈现多元化的趋势。

　　由于中国在这个重新排序的过程之中必定会占有举足轻重的地位，所以本书讨论的问题，确实需要我们再三思考。除了全球秩序，各个地域在不同的时代都会有一个地区性的大国兴起，小则领导邻近列邦，大则领导域内各国。自从"二战"以后，地区性的强权已不多见，只有若干大国，比如说美国、苏联，曾经扮演全球性的强权。等而下之，英国、法国无非是第二排的角色。

　　强权霸主，自古有之。在希腊城邦时代，雅典曾经是希腊世界的领袖。雅典蹿升为希腊列邦的领袖，是因为在对抗波斯的大战中，雅典和斯巴达并肩作战，赢得胜利，保护了地中海的希腊世界不被波斯占领。这时候，雅典得到希腊列邦的拥护。但是，雅典组织了提洛同盟，俨然以主人自居，强行统治希腊。于是，各邦对雅典的感激之情变为厌恶。在中国春秋时代，齐桓公、晋文公以"尊王攘夷"为口号，联合中原列国，北抗戎狄，南拒荆楚。齐桓霸业，及身而止，晋文公的霸业却延续了好几代。在晋文公时代，华夏各邦心甘情愿地接受晋国的领导；在晋国后期，却没有一个华夏诸侯不对晋国敢怒而不敢言。晋国不再是一个令大家心悦诚服的领袖，而是以武力压制列国的霸主。

这两个例子使我们了解到，任何霸权往往都能善其始，而鲜克有终。观察一个大国的崛起，不能不注意到其前后行为是否有落差。

在近代，美国的情况正是如此。华盛顿在美国建国之后不久，飘然下台，解甲归田。他离职的时候，向美国的公民提出劝告：美国不要卷入欧洲的国际竞争之中，美国应该尽量自求多福，努力做好这个人类历史上的大实验，也就是美利坚合众国的民主制度；也要尽力开发新大陆的资源，将自身建设成北美的一个大国。在两次世界大战的欧洲战场上，美军及时援助欧洲民主国家，使得欧洲不至于被独裁专制的一方霸占。这些时候，美国得到的是欧洲各国的衷心拥护。"二战"之后，美国在多处发动战争，又在欧洲长期驻军，虽然美国的马歇尔计划帮助欧洲重建了遭到战争破坏的经济，但是美国并没有得到称赞，反而处处都有"丑陋的美国人"的评价。

正如前面所说，有好的开始容易，然而有好的结束却很难。最近二三十年，美国深度地介入中东事务，而自己的国家却民穷财尽。在亚洲，美国为了维持霸权，常常以中国为假想敌，打算包围中国。在欧洲，美国与德国之间也是面和心不和，两者之间的矛盾始终没有真正得到解决。从这些例子来看，一个强权要想有一个好的结果，不被人骂作丑陋、骂作讨厌，还真不容易。

近代历史上，只有英国霸权的始末经历了微妙的过程。"二战"之后，英国国力大减，知道自己不能再维持持续了将近二百年的"日不落帝国"的地位，于是逐渐放手，让各处属地独立。米字旗降下后，英国倒是在不少地方留下了相当稳定的政府，包括法治和文官制度。因此，英国的霸权结束后，并没有被人厌弃，反而留下了较好的形象。到今天，过去英联邦的团体，虽不再用英联邦的名称，但凡事彼此合作，成为一个无形中的国际大集团。

中国的传统文化中，理想的领袖国家，是王道和霸道的融合。王道是以仁政为本，近悦远来，也就是说，愿意不愿意接受这大国的领导，完全由各国自己决定，大国只要做好自己的事情，就能赢得别人的支持——这是王道。道家也如此说，《老子》第六十七章："慈故能勇，俭故能广，不敢为天下先，故能成器长。"历史上，真正能行王道的大国其实不多，春秋以后，霸道的局面比较常见。行霸道的国家依仗自己的武力获得领导权，不能长久赢得人心。

在未来，中国以众多的人口、源远流长的人文传统，以及充足的资源等诸种因素，一定会在国际上扮演相当重要的角色。今天的中国人不能沾沾自喜，今天的中国领导者，应该意识到目前的体制还亟待完善。一百多年来，从屈辱的昨天到兴起的今天，中国人已经历了内战、外战，这无数次的斗争使国家和人民都付出了惨重的代价；而为了工业发展，中国人也已经付出了巨大的代价，将来也还要继续在生活环境和资源问题上长期地付出。中国人能在世界上获得如此地位，是一代又一代人共同努力、长期坚持的结果。俯仰今昔，悲欣交集。

如何持满保盈，不能说只是维持强大的武装力量或经济力量就能解决。历史上，任何制度下所施行的良法美意，都难逃演变和衰退的过程。精益求精，力求上进，即是《易经》所谓"天行健，君子以自强不息"的道理。任何民族都不能自满，中国需要改进的地方还很多，将来也不会走到美满。世界上任何制度，如美国的制度——那一个人类历史上的大实验，也不能避免衰败的一天。中国必须时时警惕，不断寻找自己的制度弊病并加以匡正，不断追求更好的政策和观念，建立更好的制度。

目前，中国需要的，正如华盛顿离任时对美国公民所劝告的一样：对内、对外均有所趋避。对内要建立良好的制度，尤其是法律制度。对人权要有一定的保障，人权之中，生存权固然最重要，人的尊严也是极为重要的。如果为了吃饱饭而不要尊严，这种人权就不是真正的人权。中国必须在人的生存权的基础上，顾及人权的其他方面，顾及公正和公平的法律、公正和公平的分配。对外，要避免招惹无谓的是非，远离霸权主义。中国只有采取近悦远来的"王道"态度——不用强力去压制别人，而是以自己的力量帮助弱者、扶持弱者，才能得到大家的支持。

回顾一百多年来的历史，中日甲午战争中，中国是失败了，但是中国介入这场战争是为了帮助当时的朝鲜抵抗日本的侵略。中华民国成立以后，孙中山先生的遗嘱"联合世界上以平等待我之民族共同奋斗"，其中的意义即是要帮助弱小的国家，共同争取自尊自主的地位。抗日战争期间，中国如此艰苦，但还是花了很大的

力量支持朝鲜的独立军，也支持越南的独立运动。抗战
早期虽然是中国最危险的时候，但蒋介石还是尽力帮助
甘地向英国争取独立。1949 年中华人民共和国成立后，
特别是万隆会议以后，中国逐渐在第三世界执其牛耳。
目前，中国在非洲各国派遣的建设部队，是有目共睹
的。最近一些年来，中国台湾地区也一直在帮助非洲、
中美洲、南美洲的国家发展农业、工业。这些历史，正
是大国风度的体现。我希望，将来在这些方面，中国人
能做得更多、做得更好。

《易经》"乾卦"说，"见龙在田"和"在渊"的时
候，都是"潜龙勿用"。等到龙能够跃出深渊，开始施
展的时候，我们应当尽量避免"龙战于野，其血玄黄"
的斗争与冲突。"飞龙在天"，是龙得到了施展。这一
阶段，最需谨慎，不能过分自满，这便是"亢龙有悔"，
相当于晋国被畏惧，雅典被唾弃，美国被称为"丑陋的
美国人"的时候。历史上，很少有大国能避免"有悔"
的一天。"乾卦"有一个单独的、不属于任何爻象的句
子，"群龙无首，吉"——许多自由飞翔的龙，却没有
一个领袖，竟是大吉大利之兆！这是因为群龙可以和平
相处，不需要一个带头的大国。一个小国没有资格说这
句话。如果一个国家有资源可以争取大国霸权，或拥
有大国的地位，却秉持容忍与互助的心态，不以领袖自

居，只以群龙之一自处，与列国和平相协，那么，这才是真正崛起的大国。

岁尾年头，一切都一元复始。如果中国能够在这一个世纪的前二十年，做到国内自由平等，对外与所有国家和平相处，这时中国的地位和发言权，一定会得到尊重。庶几，中国在各处不会被称为"丑陋的中国人"。新年新岁，祝福中国人，也祝福中国，顺利走向这条看上去艰难，其实很容易的大道。

许倬云

第一章

基督教神权的建立与民族国家的兴起

在这个系列，我想讨论的是现代文明的兴和亡。所谓现代文明，也就是主宰人类生活将近三百年的主流文明，它起源于西欧，逐渐普及全球。而最近半个世纪以来，这一文明已呈衰象。以下几章，我将从现代文明的出现，逐步讨论到其发展的过程和特性，以及最近出现的一些问题。至于未来将是什么样的文明来代替现代文明，这就要看人类现在在做什么，这是必须由我们大家共同担起的责任。未来是成是败？是再度兴起一种更好的人类生活方式，还是又沉沦到混乱之中？今日我们无法预知。唯一可知者，如果我们听其自然，未来发展的方向，变坏的可能性大于变好的可能性。

"蛮族"入侵时期的罗马帝国

首先，我必须谈到近代以前西欧的情形。近代欧洲的前身，是欧洲的中古时期。欧洲的古典时代，极盛之时是罗马帝国❶时期，和中国的秦汉时期遥遥相对，它们在地球的两边各自发展出了极为光辉的人类文明。476年，已经分裂为东西两个罗马❷之一的西罗马帝国解体，"蛮族"❸雇佣兵的将军们拥兵割据。这种局面也和汉代衰亡以后的长期混乱有相似之处，不过其过程更为缓慢，很难有明确的断代。

大略相当于中国的魏晋南北朝时期，欧洲也有大批的"蛮族"入侵，一拨一拨地进入，分别据有罗马帝国的各处。同时，基督教作为一个地下宗教，在"蛮族"之中广为传播，将这些本来散漫的族群，都容纳到基督教的信仰之内。进入西欧的中古时期，基督教会的权威取代了罗马帝国的世俗政

---

❶ 罗马帝国　指前27年至476年这一历史阶段的古罗马。古罗马原是古意大利一城邦，后发展扩张为地中海地区的大帝国。古罗马时代在物质和精神文化方面获得了许多成就，对后世，特别是西方文化有很大影响。

❷ 东西两罗马　395年，罗马帝国一分为二，分裂成东罗马帝国（都君士坦丁堡，又名拜占庭）和西罗马帝国（都罗马，后迁都拉文纳）。

❸ 蛮族　古希腊人和罗马人对其邻族（日耳曼人、凯尔特人）以及其他亚非民族的污蔑性称呼。

权。所谓"公教❶秩序",不是属于任何一个族群的普世体系,它是一种信仰,也是一个政权。许多散布在各处的"蛮族"族群,被驯化为公教秩序内的各种单元。无论那些"蛮族"的首领自称什么封号,都必须得到教会的认可才具有合法性。这种情况和中国皇帝与儒家思想结合的皇权并不一样,因为儒家的士大夫并没有凌驾皇权的权威,虽然皇权本身也必须靠儒家授予"奉天承运"的合法"天命"。

罗马帝国时代,罗马将泛希腊文化❷推广到大部分欧洲地区和部分亚洲地区。在推广过程中,泛希腊文化也演变成"希腊—罗马"的古典文明。这一文明系统的"中原",是地中海外围。中国古典文明发展的时候,是从黄淮地区面向南方开展的,北方和西方是草原上各种"北族"❸的基地。从南北朝到唐末五代,西北族群一拨一拨地进入中原。安史之乱是一个分水岭,从那以后,外族的军队实质上散布在中原各处,也彼此争战不休。五代的君主,除了后梁的

---

❶ 公教　亦译"天主教""罗马公教"。基督教的一派,与东正教、新教并称为"基督教三大教派"。该教除崇拜天主(上帝)和耶稣基督外,还尊玛利亚为天主圣子之母。

❷ 泛希腊文化　亚历山大大帝的征服,促成了不同民族间文化的融合,于是原有的古典希腊文化产生了变化。以古希腊文化与东方文化融合为基础,发展出一种新形态的文化,即"泛希腊文化"。

❸ 北族　北方民族,主要是阿尔泰语系诸民族。

君主以外，都是外族军事集团的首领，甚至宋代的皇室赵家也是胡汉军事集团中的一部分。反而是汉化较晚的南方保存了比较纯粹的汉人文化。

相对于中国的情形，西欧走的是另外一种模式。罗马的"中原"——地中海外围，并不是泛希腊文明的中央，而罗马军团征服的地区（大部分偏于东方），也就是旧日亚历山大大帝❶君临之处。地中海以东的广大地区，在罗马帝国衰亡以后，是已经东方化的东罗马在波斯帝国基础上建立的许多地方政权。630 年，伊斯兰教兴起，将这一地中海以东的广大地区，彻底地转变成伊斯兰文明，而且从此以后，直到今天，基督教与伊斯兰教两个信仰独一真神的宗教，还彼此仇视、斗争不断。

基督神权主导下的中欧和西欧

倒是中欧和西欧，并不是罗马帝国主要的发展方向，但在"蛮族"大批入侵的时候，中欧和西欧是"蛮族"分布最多的地方。那些分别占领各地的部落，还是保存了长途

---

❶ 亚历山大大帝（Alexander the Great，前 356—前 323）马其顿国王（前 336—前 323）。在东起印度河，西至尼罗河与巴尔干半岛的领域内，建立了亚历山大大帝国。死后帝国迅即瓦解，随之形成一批"希腊化"国家。

《基督复活》 法国画家伊拉斯摩·凯兰绘

西欧及中欧的原住民及"蛮族"的很多信仰都被融入基督教会的礼仪之内，如复活节就是由庆祝春分的风俗演变而来的。

迁徙和战斗所形成的好战传统。同时，他们在基督教的驯化之下，敬拜上帝，对基督教会的公教秩序十分服从，在虔诚的信仰以外，他们并没有机会学习旧日希腊—罗马传统的古典文明。因此，在西欧与中欧，许多所谓异端信仰，也就是当地居民的宗教，和"蛮族"的固有信仰都被编入基督教会的礼仪之内。例如，冬至的庆祝，转变成耶稣的诞辰；春分的庆祝，转变为耶稣的复活节。于是，这样的文明其本身的发展受到限制，毕竟公教秩序包含的内容并不十分丰富，乃是一种神权主导的信仰系统，社会伦理和个人品行也都是在礼仪与教规之下，就这样普及社会，而未必经过思辨的过程。

长期居留在欧洲的"蛮族"，我们一向称为日耳曼民族❶，他们进入欧洲以前，原来大多是住在里海、黑海和东北欧的各种印欧民族。在3世纪至4世纪，亚欧大陆的各处都有大批人群的移动。我们今日无法完全解释，是什么缘故使这些迁徙的族群离开本乡移往他处。气候条件似乎是一个相当重要的因素。在寒冷的北方，牲口大量冻死，草原萎缩，北方的人口不得不向温暖的地区移动。东方的

---

❶ 日耳曼民族　北欧的古代民族。自称德意志人，凯尔特人及罗马人则称之为日耳曼人。日耳曼人同凯尔特人及当时其他原住民结合，成为近代德意志、奥地利、卢森堡、荷兰、英吉利、瑞典、丹麦、挪威等族的祖先。

中国，因此承受了一批又一批北族的侵入，而欧洲也接纳了一批又一批所谓的"蛮族"。西欧与中欧的原住民，其实大部分也是从外面移入的人口。例如，今天的法国在罗马时期被称为"高卢"❶，他们和今天爱尔兰的居民是同一来源，可能是在相当于中国汉初的时候逐步移入欧洲，这些人和中国历史上西域的"塞种人"❷大概是同一族类。这些新来的日耳曼族群，将同样是印欧民族的原住民推到边缘。前后两批新来的居民，共同构造了基督教文明覆盖的底层。公教秩序给了他们一定的行为规范，却并没有给他们足够的动力进一步促进文明的发展。

宗教战争与古典文明的重新发现

基督教和伊斯兰教的冲突，除了意识形态层面，可能更重要的是经济利益上的冲突。伊斯兰文明所聚居的地点，切断了东亚和欧洲的贸易路线，丝绸之路上的利润全被伊斯兰国家垄断——无论是横跨亚欧大陆的陆路，还是经过红海的海路，东方货物进入欧洲，这些国家的王公都赚取了最大的

---

❶ **高卢** 古地名。主要是意大利北部波河流域，阿尔卑斯山以北广大地区，包括今法国等地的一部分。5世纪末并入法兰克王国。
❷ **塞种人** 亦称"斯基泰人"，属于伊朗种人。他们是在今俄属突厥斯坦草原上"最早的伊朗国家"内保持着游牧生活的北伊朗人。

利润，而这些东方物品到了欧洲，价格就十分高昂。长期的经济冲突，终于爆发为以宗教立场为借口的累次宗教战争，达二百年之久（1096—1291）。这也使得西欧与中欧的领主和他们的军队，在地中海以东接触了伊斯兰文明，以及东方的图书馆与学校里保留的希腊—罗马古典文明。于是，欧洲的居民忽然发现在宗教教条之外，还有那么多值得追寻的知识和那么多不同的想法。这一刺激在欧洲引发了长达两个世纪的文艺复兴（14世纪中期至16世纪末）。

对于古典文明的重新发现，使得中欧与西欧的居民领会到以前没有想到的一些文化因素。比如说，用严谨的逻辑推演出的理性；又比如说，从人性自然涌现的情义。这些新视角将欧洲知识分子带到一个新天地，使他们对公教秩序的教条提出疑义。在欧洲，文艺复兴时代的创作，延续了希腊时代对理性的追寻，也复活了对人性的欣赏和悲悯情怀。文艺复兴时期的重要人物，如达·芬奇，在这两个方向都有令人钦佩的成就。许多歌颂基督教神性的绘画和雕刻，实际上都在表达自然的人体和自然的风景。有识之士，不再满足于公教秩序的教条和礼仪，他们甚至会怀疑这一公教秩序的基本假定是否合理。当他们怀疑到人神之间的关系是否真如公教秩序所说的那样单纯时，公教秩序的基础也就松动了，公教秩序对各种世俗力量的约束力，也不得不面临挑战。

教权之外世俗政权的兴起

第一个出现问题的领域，就是日耳曼地方政权的领主。他们本来各自为政，并没有统一，只是个别臣服于罗马的教廷；他们的封号和政权都必须得到教会的认可才具有合法性。同时，他们对于罗马教廷也必须年年进贡，岁岁来朝，奉养这么一个庞大的神权体系。变化终于发生了。在高卢地区的法兰克人，出现了三代能干的军事领袖。在732年，查理·马特❶领导法兰克联军，击败了经过地中海南岸迂回而上的伊斯兰军队。这次胜利以后，西欧、中欧不再有伊斯兰的威胁。巧合的是，在这之后不到二十年的750年，中国远戍中亚的驻军将领高仙芝在怛罗斯❷和伊斯兰军对抗，最终大败而归，中国从此失去了对中亚的控制权，而伊斯兰教权从此成为这个地区的主宰力量。

马特的孙子继承了祖父的事业，建立了笼罩整个西欧的法兰克王国。800年，罗马教皇把他加冕为神圣罗马帝国

---

❶ 查理·马特（Charles Martel，688—741） 法兰克王国墨洛温王朝官相（714—741），王国的实际统治者。732年，在图尔战役中阻挡了信奉伊斯兰教的倭马亚王朝所派遣的侵袭法兰克王国的军队。此战制止了穆斯林势力对欧洲的入侵。获"马特"（意为"锤子"）称号。

❷ 怛罗斯 古城名，故址在今哈萨克斯坦东南部江布尔城，唐时为西域交通中心之一。天宝十年（751）唐将高仙芝与黑衣大食战于此。

查理曼大帝

法兰克王国国王，800 年加冕为神圣罗马皇帝，德国人称之为卡尔大帝。

的开国皇帝，也就是历史上的查理曼大帝❶。这是公教秩序以外，第一次有一个世俗政权可以与教权并存。今天的一些欧盟国家，还在发行以查理曼大帝头像为装饰的纪念币。神圣罗马帝国这个名号，从此在欧洲历史上延续下去。法兰克王国的霸权，在 962 年转移到中欧的一些日耳曼王公手中，后来是以"选侯"制度，从若干比较有力的部族领主之中，选举一个所谓的神圣罗马皇帝。这个帝号，我常常开玩笑说它"既不神圣，也不罗马，更不是皇帝"——只是与神权彼此依附的霸权而已。然而，有这么一个帝号存在，也象征着公教秩序不得不承认世俗政权的存在。

这一个变化，最后引发了民族国家的兴起——这是近代文明得以展开的一项重要因素。17 世纪时，中欧的若干民族向教廷挑战，要建立自己的主权国家。经过三十年（1618—1648）的斗争，拥护教廷和反对教廷的力量终于不得不在1648 年于威斯特伐利亚签订了一连串的和约❷，认可那些反对公教会教廷的地方政权建立自己有主权的民族国家。

---

❶ 查理曼大帝（Charlemagne，742—814） 法兰克王国加洛林王朝国王（768—800），查理曼帝国皇帝（800—814）。800 年，由教皇利奥三世为之加冕称帝，号称"罗马人的皇帝"。

❷ 威斯特伐利亚和约 1648 年 10 月在威斯特伐利亚签订，结束了三十年战争。和约规定，德意志境内新教（路德宗、加尔文宗）和旧教（天主教）地位平等，各邦诸侯在其领地内享有内政、外交自主权等。此和约加深了德意志的分裂割据局面。

第二章

中古以后的欧洲宗教改革

上一章说的是民族国家的起源，这一章我们谈宗教改革。欧洲中古史是教会统治的历史，基督教逐渐驯化了从各处进入的"蛮族"，建立了一个所谓的"公教秩序"。这是一个超越国界，理论上笼罩全人类的大格局。自称为耶稣大弟子的彼得建立了罗马的教会，而且经过好几次宗教会议，将一些和罗马公教会教义不符的教派都称为异端并且排除在外——从此，罗马教会的教义定于一尊。

定于一尊的神权政治

教宗——我们俗称为教皇，自以为是彼得的传人，又能代表彼得说话，也就是有代表耶稣发言的权力；耶稣既然是神的儿子，而且奉神的命令到世间传播唯一信仰真神的宗教。于是，三个弯一转，教宗的意见就等于上帝的意见了。这是一个神权政治和世俗政权同存，而又凌驾在世俗政权的体系。那些世俗政权，由"蛮族"部落体制演化成神圣罗马帝国，帝国之内有大大小小的封君，这些君主基本上都是没有丰富知识的武人，他们的属下也并不是专业的文官，不外是一些武将和家中的奴仆转化成的官员。大多数的封君，还必须依赖教士兼任文官，很多地方的大主教就相当于当地封君的丞相。

这样的神权政治，除了基督教理论以外不会容许其他的思想出现。独断的思想正如独断的信仰，长久演化以后，不会再有自我更新的弹性，而且会依仗政治权力压迫和排除不同的信仰——天主教会对异端的惩罚十分严厉，有任何与公教教义不同的主张，轻者排斥，重者当作罪犯，异议分子不是被压迫得忏悔改过，就是面临死刑。天主教会以为这个有上帝做后盾的铁桶江山会世世代代传下去，而执政者当然更是利用信仰的神圣性掌握权力，滥用权力，胡作非为，揽权私用，其行为不堪入目，也不堪在此叙述。

宗教战争和由此引发的文艺复兴，使欧洲的文化界忽然重新发现希腊—罗马的古典世界，其中有自由，有人性，有理性。于是，在文学和艺术方面，都开始了表面上是为教会服务，实际上却是宣扬古典传统的工作。教堂里面的绘画和广场上的雕刻，主题是宗教，表现的却是真实的人生。一些以朝圣或形容神迹为主题的故事，隐含了许多为了信仰而不惜挑战权威的故事。

基督教是由犹太教衍生而来，两家的经典共有今日基督教《圣经》中的《旧约》，其中有很多篇是人小先知的训谕。这些先知大部分是边缘人物，有的是牧羊人，有的是在山洞隐居的隐士，当然还有其他一些虽然没有隐居，但并不具有社会地位的人物。先知们往往以自己得到的神谕，严厉地批判犹太教里掌权的思想，比如法利赛人❶（律法师）的律法，或者有关礼仪的行为规范。有些先知甚至挑战犹太人选民的说法，指出上帝是所有人的上帝，不是犹太人独有的真神。先知的训谕扩大了犹太教义的范围，也将部落神的耶和华转变成世人共同尊奉的上帝。神谕的神圣性，远远超出以犹太人为选民的范围。

耶稣基督本人，如果没有后来基督教的扩张，也许只能成为许多先知中的一个。他是没有社会地位的穷人，但他勇敢地指责宗教当权派的荒谬行为，指责他们假充仁慈；他也在庙堂里面鞭打亵渎庙堂的小贩和在庙堂中赌博的人们。当时犹太国已经被罗马征服，但犹太人的律法和礼仪

---

❶ **法利赛人** 希腊语 Pharisaios 的音译，原意为"分离者"。前 2 世纪至 2 世纪犹太教上层人物中的一派。强调保守犹太教传统，反对希腊文化影响，主张同外教人严格分离，因而得名。曾在耶稣的时代很流行，但过于强调摩西律法的细节而不注重道理。

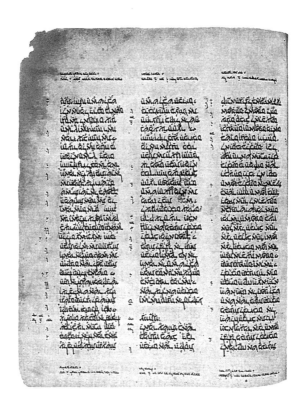

《圣经·旧约》

《旧约》是基督教与犹太教共同尊奉的经典。图为《圣经·旧约》阿勒陂手抄本，这是现存最古老的希伯来文手抄本复刻版。

在当地还占有权威地位，他对犹太教当权派的指责被这些人认作对罗马政权的反抗，要求罗马的总督逮捕耶稣，罪名是他自以为是犹太人的王。但是，耶稣基督自己说，我的国在天上，不在人间，恺撒的归恺撒，上帝的归上帝，各自分开。耶稣基督的作为，毋宁说是以直接从上帝那里得到的启示挑战宗教和政治的权威。这种作风，当然是和天主公教会自以为是政教合一的权威的风气截然不同。

胡斯至马丁·路德的宗教改革

公教会掌权数百年，在 15 世纪时，具有自由思想的人士终于发出了反抗的声音。第一波反抗，是今天捷克的胡斯❶，他是一个神学院出身的学者，眼看着公教会以出卖"赎罪券"聚敛财富，他质问：审判世人的权力，是在上帝，这一权力并没有委托给教会，当然更没有委托给教皇和主教；末日还没有来临之前，也不过是人的教士，怎么有权力预知上帝的判决，从而发出免罪的"赎罪券"？而且，上帝的奖惩是按照行为的好坏，怎么可以拿金钱来代替行为，预先购

---

❶ 胡斯（Jan Hus，1369—1415） 捷克宗教改革家。他反对德意志封建主和天主教会对捷克人民的压迫和剥削，反对教会拥有地产，谴责教皇兜售"赎罪券"，要求建立捷克的民族教会。1415 年胡斯因"异端"罪被处火刑。

买上帝的赦免？ 他的论点——上帝造人，上帝是每个人的神，神和人直接相通，并不需要另外一个人（无论他是教皇还是主教）作为中介——直接地触怒了教会。 当地的主教逮捕了胡斯，要他认罪，否则就处以火刑。 胡斯在点燃的火堆上还说："我没有犯错，我的意见都是《圣经》上的教诲。"今天捷克的布拉格广场上，还有胡斯被焚烧的纪念雕塑。 胡斯死了，他提出来的意见却传到了各方。

　　一百年后，马丁·路德❶，一个日耳曼教会的教士，也提出了同样的主张，写了九十五条疑问，张贴在教会的大门口，质问天主公教会的专擅和对教义的扭曲。 马丁·路德的行为，获得中欧若干日耳曼封君的支持，从那时起，各地不约而同地掀起了宗教改革。 以瑞士为基地，先后有茨温利❷和加尔文❸，最后成为势力庞大的加尔文教派。 今天的许多新教教派，其实大多数和加尔文教派有相当密切的关系。 他们

---

❶ 马丁·路德（Martin Luther，1483—1546） 通称"路德"。16 世纪欧洲宗教改革运动的发起者，基督教新教路德宗的创始人。1517 年发表抨击教皇出售"赎罪券"的《九十五条论纲》，揭开宗教改革的序幕。

❷ 茨温利（Ulrich Zwingli，1484—1531） 瑞士宗教改革家。1518 年起任苏黎世大教堂神父。 他领导瑞士东北各州进行宗教改革，否认罗马教廷权威，废除天主教的烦琐仪式。 著有《六十七条论纲》等。

❸ 加尔文（Jean Calvin，1509—1564） 16 世纪欧洲宗教改革家，基督教加尔文宗的创始者。 主张人因信仰而得救，否认罗马教皇权威。

马丁·路德

他质疑教会的行为获得中欧若干日耳曼封君的支持，自此掀起了中欧宗教改革的序幕。

主张神和人之间直接交流，经过教会，却不一定经过任何教士个人。人可以从《圣经》中直接接受神的教训，甚至神可以直接启示世人，由世人将这些新的启示再提醒给其他的世人。加尔文教派和其他新教会，不再隶属于罗马的教会，而是以相当民主的方式，成立由教众支持的地方教会。他们的教士由神学院训练，终极的权威是《圣经》，而取得教士资格却必须由已经具有教士资格的若干教士共同按牧❶，承认他的教士资格，其情形很像今日大学里面的博士考试。另外，马丁·路德的教派成为一个日耳曼地区的路德会❷，其组织和基本的教义，其实和公教会并没有太大的不同，也有主教和总主教，只不过没有教皇罢了。

依托王权独立的英国教会

英国又是另外一种情形，英国的国王亨利八世因为个人行为受到公教会的指责，甚至要将其逐出教会。这个所谓"排门律"的处罚，在中古时代是非常严重的，因为被

---

❶ **按牧** 在《新约圣经》时代，洗礼和授予神职都要实行按手礼，所以这里称为"按牧"。施礼时，主礼人把手按在领受者头上，并念诵规定的文句。

❷ **路德会** 路德宗的教会。路德宗是基督教新教主要宗派之一，以马丁·路德的宗教思想为依据的各教会的统称。

处"排门"的人士不仅不再有朋友，甚至连家人都可能不再理睬他。亨利八世作为一个国王，认识到英国孤悬于大西洋，教会力量鞭长莫及，而且英国是一个多民族的国家，这些民族百姓多多少少还保持了一些所谓异端的原始信仰。于是，他悍然不理睬教会，在英国自立了一个英国圣公会❶，由坎特伯雷大主教❷任宗教领袖，和代表政权的英国王权彼此依存，独立于公教秩序之外。

在西欧，尤其在法国南方，也有一群反对公教会的人士，他们成立了胡格诺教派❸，各自以地方教会独立存在，不再接受公教会的指挥。除了上面这四五个主要的反公教力量以外，欧洲各地还有各种反对公教会的小教派，而且多少都和各地的封建领主相互合作，从天主公教会那里争

---

❶ **英国圣公会** 基督教新教主要宗派安立甘宗的教会。16 世纪欧洲宗教改革运动时期产生于英国。1534 年英国国会通过法案，定圣公会为国教。

❷ **坎特伯雷大主教** 为全英格兰的牧首，又是全世界圣公会的主教长，普世圣公宗精神领袖。

❸ **胡格诺教派** 16—18 世纪法国新教教派（属加尔文宗）。其成分主要包括反对国王专制，反对企图夺取天主教会地产的新教贵族，以及力求保存城市"自由"的资产阶级和手工业者。1562—1598 年，胡格诺教派与法国天主教派的内战是宗教改革运动的延续。最终，胡格诺教派首领亨利继承法国王位，改宗天主教，宣布天主教为国教，又给予胡格诺教派信教自由等。

取独立和自主的权力。

上一章谈到的三十年战争，站在天主公教会一方的是一批神圣罗马帝国的大封君，和他们对抗的却是许多分散在各地的小封君，以及英国、法国的世俗政权。最后，威斯特伐利亚条约承认了各地民族国家的主权，实际上结束了天主公教会独占的局面。因此，民族国家的兴起和宗教改革，几乎可以说是一体两面的历史事件。

宗教改革在思想上造成非常重大的影响，天主公教会固然还自认为可以代替上帝发言，也可以代替上帝做许多裁断，可是在公教会以外，有另外半个欧洲，却根据宗教改革的理想，树立起人的思想自由和政教分离的原则。两者加上民族国家的出现，是近代文明的几根重要支柱。下一章我们要谈到近代的启蒙运动，其中许多主要的思想都和宗教改革的结果有关，个人获得了思想的自主性，也树立了理性思维的神圣特性。

第三章

欧洲启蒙运动的来龙去脉

这一章我们谈谈欧洲近代启蒙运动的因果。

启蒙运动，一般来说，是将其看作近代文明的起源，其主要发祥地是法国，也有一部分启蒙运动发生在英国。如第二章所说，有了宗教改革，才有对理性和自由的尊重。因此，启蒙运动是宗教革命的直接成果。不过，实际上的发展，我们还要考虑许多其他的因素。地中海沿岸的基督教世界和中东、近东的伊斯兰世界长期对峙，这种状况隔断了欧洲和远在东方的中国之间的接触。可自从大航海运动开始，欧洲的海权国家纷纷经由海路远航东方，不仅直接地接触到远方的中国和印度两大文明古国，也发现了新大陆。这两大事件，对启蒙运动有相当重要的影响。

耶稣教士与东西方文化的交流

我们先说关于远东的部分。蒙古帝国西征一直打到欧洲边缘，其征服的疆域广大，横跨欧亚，在陆路上有万里驿道，海上有绕航马来西亚半岛，经过印度洋进入红海或是波斯湾，最终进入欧洲的长程航道。我们都知道马可·波罗是向西方传达东方文明的一个重要人物，其实除马可·波罗外，还有好几位旅行家写下描述东方情形的重要著作。这些人有的是欧洲人，更多的却是伊斯兰世界的人。这些著作经过宗教战争以后，也逐渐为欧洲的知识分子开启了了解东方的窗户。天主教会一直以为在东方有一个失落的以色列部落，也以为东方有一个号称约翰长老❶的神秘人物在东方建立了一个基督教的国度。这个故事的来龙去脉也很复杂，此处不必细述。但至少在成吉思汗的时代，东方的草原上确实有一个信奉东方景教❷的

---

❶ 约翰长老　1145 年，欧洲出现了约翰长老的传说，认为他统治着东方的一个基督教国家。13 世纪前期，欧洲人曾把成吉思汗视为约翰长老；17 世纪末，欧洲人才彻底认识到约翰长老是个虚幻的人物。

❷ 景教　唐代对首次传入中国的基督教的称谓。太宗贞观九年（635）基督教叙利亚教会教士阿罗本由波斯前来中国，开始传教。武宗于会昌五年（845）下诏禁止佛教流传，该教也遭波及，没过多久在中原地区中断，但在契丹、蒙古等地仍流行。

部落领袖王罕 ❶。

这些依稀的印象，使天主教会中的革新力量耶稣会 ❷ 和稍后兴起的道明会 ❸ 等宗派都向东方派遣传教士。最长期的传教工作，是耶稣会延续数百年不断地派遣教士来到中国。最著名的教士当然就是利玛窦。数百年来，这些教士传送回欧洲的信息众多，内容也很深入。例如，关于景德镇制作瓷器的技术，就有一位传教士居住在江西十九年，将制造瓷器的工序和工场组织方式全部记录下来，寄回欧洲。在他们的描述之下，中国的古老文明在许多方面比欧洲的文明要优越。从政治方面说，他们也极力推崇中国的考试制度，认为经过科举选拔的文官具有高度的专业性，也有一定的道德修养，不是欧洲以贵族执政的政权可以比拟的。

17 世纪以后，耶稣会的传教士又传述康熙皇帝的"圣王"特质。康熙帝确实很有学问，而且对于耶稣会士礼遇有加，跟从他们学习西方的数学、物理学和医学。康熙帝

---

❶ 王罕　辽金时以游牧为生的克烈部族势力强大，上层信景教。脱斡邻勒称汗时，曾受金册封为王，称"王罕"。

❷ 耶稣会　天主教主要修会之一，1534 年西班牙人依纳爵·罗耀拉创立于巴黎，旨在反对欧洲的宗教改革运动。明末清初传入中国。

❸ 道明会　正式的名称是"传道修士会"，罗马天主教著名修会之一，创始人是西班牙人圣道明。道明认为用福音可以赢得异端和异教徒，自己实行使徒式的贫穷生活，吸引了一群人跟随他。

利玛窦（Matteo Ricci，1552—1610）
耶稣会延续数百年不断派遣教士来到中国，利玛窦是里面最有名的一位。

也借耶稣会士了解西方，例如，清代派遣专人远访今日的俄国，这一使节团就是由一位耶稣会士陪同西行的。耶稣会士介绍的世界知识——包括当时最好的世界地图——是康熙帝了解当时世界的重要依据。康熙时代的中国，虽然许多病根已经长期隐伏，呈现于世界的却是清代的盛世。当时的中国和欧洲比起来，无论生活质量还是社会秩序，都高出一筹。耶稣会士因此赞扬中国的制度，是符合柏拉图"理想国" ❶ 理念的圣王和理性的秩序。

启蒙运动开启了科学和自由的时代

这些远方的理想国，对欧洲的知识分子来说是一种梦想，也是一种提示。他们认为：东方有这样的国度，为什么欧洲不能有同样以圣王领导的理性秩序？于是，在公教秩序不能面对挑战之后，他们也寻求建立一个新的文化秩序。对于东方文物的爱好，反映于艺术，就是从中国传过去的风景画和图案。在戏剧方面，中国《赵氏孤儿》的戏剧故事

---

❶ **理想国** 书名。古希腊柏拉图著。书中主张理想的国家应由哲学家担任统治者，理性应在其中占据绝对统治的地位。该书以唯心主义哲学为基础，论述加强奴隶制国家统治的方案，在西方哲学、政治学、伦理学、教育学等许多领域均具有奠基性作用。

被翻译成法文，传诵一时。中国文化里的人文思想不同于欧洲的神权理念，中国人认为，人是一切的根本，社会的秩序是人际关系的合理格局。中国数学和自然科学表现出的相对性，以及天人之间的互依互伏，都和西方专断的一元性有很大的不同。这种对中国文化的爱好，维持了一百多年。在18世纪以后，当欧洲文明兴起时，"中国"两个字却完全改变了内涵，从理想国一下子跌落成贫穷和愚昧的代名词。这种改变是后来的事，在17世纪，"中国"却被西方知识分子用来"借他人杯酒，浇自己块垒"——给欧洲知识分子带来改变自己民族文化的动机。

于是，以法国为基地的许多知识分子发挥了在欧洲史无前例的作用，他们引发新的思潮，开启新的学科，一方面发挥理性的思维，另一方面容许不同的意见彼此辩论。一时之间，经过学术思辨获得的知识成为人类思维的基本依据，仰仗神学的权威或者政权的支撑不再成为主流。在法国之外，英国的启蒙运动除了理性的思辨以外，又加上实际经验作为验证的工具，因此，科学的实验是科学发展的重要条件。在这些基础上，启蒙运动开启了近代文明的两大特质——一个是理性的科学，一个是思想的自由，后者又变成民主政治的基础。陈独秀引进西方文明时，特别强调了"赛先生"❶ 和"德先生"❷，也就是这两个特质的表现。

韦伯❸ 关于西欧资本主义兴起的理论，以加尔文学派的神学为基础，这个理论具有一定的影响。根据一些中国学人的解释，认为他指的是勤俭、朴实等德行。其实，韦伯指的是，加尔文神学的信徒可以自以为是上帝特别赋予他使命，这一个人在世间的作为正是上帝赋予他恩宠的象征。世俗的成功，例如在商业上获得利润，也不过是代表他可能已经是上帝选择的神意表现，其着重点是使命感。韦伯思想是不是能完全解释西欧资本主义的起源，还有争论的余地。这一套想法——将个人的命运直接联系于神的恩宠和使命，确实和天主公教会以纪律约束教民的想法有很大的距离。以中国的思想而言，个人有承受天命的机会和责任，这个天命不是统治国家的皇命，而是"天将降大任于斯人"的自我期许。韦伯解释加尔文思想，是否受到了中国思想的启示，也许还值得我们做进一步的探讨。

法国大革命标榜了"自由、平等、博爱"三个条件。

---

❶ **赛先生** 即 Science，译为"科学"。

❷ **德先生** 即 Democracy，译为"民主"。

❸ **韦伯** 马克斯·韦伯（Max Weber，1864—1920），德国社会学家、历史学家、经济学家，社会法学派在欧洲的创始人之一。认为资本主义起源于宗教、伦理等精神因素。著有《新教伦理与资本主义精神》等。

自由，是指从宗教革命以后，世人都拥有神创造人以后赋予的特权，除了向神屈服以外，人不必向其他任何人屈服。于是，自由不仅颠覆了教会对人的控制，也颠覆了封建领主对属下人民的专权。平等，是指在神的面前世人都亲如兄弟，没有高低贵贱的阶级之分，也必须彼此相爱。博爱，原意是指兄弟之爱。因此，民主政治的基本条件，是神人关系的直接延续，不容许有其他的干预造成人与人之间地位、权利和义务的差别。

自由城市和自由市场的形成

前文说到，大洋航道开通以后，欧洲人的眼界开阔了，他们了解到世界上还有其他文明存在，也还有许多资源可以开发、吸收和利用。这些经济条件，也是欧洲现代文明得以发展的重要因素。关于发现新大陆以及开通新航道以后的经济初步全球化，我们会在另一章有所讨论。不过，此处我们还必须提一些欧洲内部的有关事物。其中最主要的是欧洲城市的发展。自从"蛮族"入侵以后，各地纷纷出现封君，这些以战斗部落为基础的政权，善于掠夺而不善于经营，他们占有林地和农耕地区，直接剥削当地居民，确立了封建制度的政权。在农业之外，欧洲也已经有了许多大城市，分布在地中海沿岸的重要港口和陆路交通的汇集点。前者如威尼斯，后者如科隆❶。这些大城市拥有长期做远途交易的客商和运输队伍。它们的力量跨越领主的疆域，具有一定的国际性，它们的经验也不是领主能够忽略的，而它们的财富更是许多领主必须利用和依靠的。这些城市星罗棋布，分散在欧洲各地，有十几二十个大小城市。它们拥有一定的财富，城市的居民掌握着工艺技术和经营的经验。它们彼此之间有相当密切的来往，也有彼此依赖、长期合作的历史，构成在政权以外的经济和社会力量。这些城市甚至可以用金钱从领主那里换取自主性，如利伯维尔❷。在这些地方，启蒙运动的知识分子，有高等学府和知识分子社群作为他们发展的依凭。这些特殊化的城市和中国传统城市有很大的不同。在中国，除了宋朝以后有一些商业性特别强的城市以外，大多数是地方行政的据点，也就是政权的延伸，并不具有上述欧洲城市的自由性和自主性。

　　总而言之，欧洲启蒙运动有它独特的来龙去脉，它经

---

❶ 科隆　亦译"科伦"，是德国中西部莱茵河畔城市，中世纪德国最大城市。它不仅是铁路枢纽、重要河港，还是全国金融中心之一，保险业集中地，工业发达，也是欧洲最大的商品交易场所之一。有著名的科隆大教堂及科隆大学（1388 年建）。
❷ 利伯维尔（Libreville）　意译"自由城"，加蓬首都和海港，在大西洋加蓬湾北岸。1849 年建市，是加蓬全国的政治、经济、文化中心。

过宗教革命回归到一个理性的真神信仰，"神"其实只是理性的代名词，而"人"，既是神的产物，也代表理性和神赋予的自由。 东方的刺激，自由城市作为运动的基地，则是"因"外之"缘"。其他与这个运动有关的经济发展，则又是"缘"外之"别缘"，我们留在第四章讨论。

第四章

宗教革命开启了近代西方民主社会

前面讲到宗教革命和民族国家的出现，这两者是相关的，宗教革命将普世的公教秩序移去，恢复民族的自主，成立了主权国家。另外，宗教改革以后，基督教新教伦理成为个人与上帝之间的纽带，这一信仰使个人获得新的自觉，也就是个人自主性。

由军事民主发展出的政治民主

欧洲的印欧民族有长期迁移的背景，从亚欧大陆之间的原住地，跋山涉水，终于定居在后来东欧、中欧和西欧的各地。他们在原住地的时候，已经具有骑马的特性。这种战斗族群，正如草原上其他的战斗族群一样，有强烈的族群归属感和认同感，他们颠覆了基督教的普世秩序，终于让族人回归到自己族群的范围，并逐渐形成了当时的民族国家。

这些战斗族群，几乎都曾经有过"军事民主"的制度。在战场上，战士们必须拥戴一个最好的指挥官，以此来团结将士、指挥作战。因此，战斗部落的酋长，并不必然是世袭，一旦进入战争状态，选举的指挥官可能就取代了原来的家族酋长，领导族群作战。过去我们认为，民主制度是在希腊的雅典等城邦出现，实际上，雅典城邦本身就是希腊民族迁徙后，从战斗部落转变为居住部落才出现的。雅典的民主制度，并不是按照理想设计而得，其实也是军事民主的延续和演变。在欧洲中古时期后发展出来的民族国家，其民主制度的渊源，应当是由部族的军事民主逐渐转变而来的。

近代欧洲国家的两种政治制度

近代欧洲的国家，刚开始的时候可以分成两种类型。一种是以强有力的君主领导的国家，它们实行的是所谓的"开明专制"。例如，普鲁士演变成了德国。德国从腓特烈大帝之后，经常是以强有力的中央专政，快速有效地发展国力。德国的精英分子"容克"❶就是过去的战士阶层。在德国，他们虽然已经担任文职官员，或是成为地方上的乡绅，其基本特质还是武士。研究德国史的专家，常常将容克和中国的儒生士大夫相比。其实中国的绅缙主要是一些儒家的学者，他们经过科举考试才加入文官体系（当然，在孔子那个时代，士本身也是从武士背景转变出来的社会精英）。中国与德国的精英，到底还是有文武特质的差别。

另一种国家形式则以英国作为代表。英国自从亨利八世脱离了罗马教会自己成立了英国圣公会之后，其发展就走上了自己独特的路径。英伦三岛上的民族固然也都是印欧民族，但是因为先来后到的缘故，其成分并不一致。最早到达的是凯尔特族群❷，如爱尔兰人；最后到达的是诺曼

❶ 容克　德语"Junker"的音译，意为"地主之子"，泛指普鲁士的贵族地主阶级。16世纪起，容克阶层长期垄断军政要职，掌握国家领导权；19世纪中叶开始资本主义化，成为半封建型的贵族地主，是普鲁士和德意志帝国扩张军国主义势力的支柱。
❷ 凯尔特族群　凯尔特人，公元前1000年左右分布在欧洲莱茵河、塞纳河、卢瓦尔河流域和多瑙河上游的部落集团。前6世纪到公元初，创造了拉登文化，建有城市，农业技术水平较高。其后裔散布在法国北境、爱尔兰岛、苏格兰高原、威尔士等地。

人❶，即所谓的"北人"。今天英伦三岛上还有威尔士、苏格兰、英格兰三大族群，再加上爱尔兰族群，至少已经有四种不同的成分。稍早的时候，盎格鲁和撒克逊❷这两个族群，就是先来后到的征服者与被征服者。相对于德国地区的日耳曼人，英国的族群成分要复杂得多。德国以原本战斗部落的归属感和认同感作为基础，上下同心合力，建立新的民族国家。像英国这种成分复杂的共同体，在海岛之上，彼此无所规避，也没法分隔，唯一的可行之道就是互相容忍、彼此迁就。因此，英国发展了一套制度，实际上就是互相协调的民主制度。到了后来，英国数次从外面迎接王储承继王位，而不是在国内靠族群斗争拥立新王。英国的国王，因为原本就是外来者，必须接受国内权力分布的现实，不能大权独揽，只能发展出一套"开明专制"的政体。英国的

---

❶ **诺曼人** 亦称"维京人"，北欧的古代民族，今丹麦人、挪威人、瑞典人的先民。系 8—11 世纪，自朱特兰半岛（今日德兰半岛）和斯堪的纳维亚半岛等原住地，向欧洲大陆各国进行掠夺性远征的日耳曼人。

❷ **盎格鲁和撒克逊** 这两个族群是古代日耳曼人的部落分支，原居北欧日德兰半岛、丹麦诸岛和德国西北沿海一带。5—6 世纪，盎格鲁、撒克逊两部落都有人群南渡北海，移民大不列颠岛，在此后的三四百年间，两部落才融合为盎格鲁－撒克逊人。通过征服、同化，盎格鲁－撒克逊人与大不列颠岛的凯尔特人，再加上后来移民的"丹人""诺曼人"，经长时期融合，才形成近代意义上的英格兰民族。

《英国国会下院》 1755 年英国画家 B. 库克绘

英国国会最终的功能就是在辩论中达成协议，而不是以选票来压倒弱者。

国会，其最终的功能就是在辩论中达成协议，而不是以选票来压倒弱者。

当然还有其他类型的体制，是由这两种基本体制互相配合而成。就拿法国来说，其国家核心是在巴黎的畿辅❶地带，各处的地方号为外省，都屈从于畿辅的领导。法国的王室，常常是专制的君王，其权威无人可以挑战，例如路易十四，号为太阳王，权力极大。然而，这一个政体必须与天主教会合作，两者之间可以说是一种"恐怖平衡"，彼此丢不开，又并不协调。中央与外省之间，也是一种动态平衡。法国大革命时期，政权经常转移。后来的法国议会，长期以来也是众多政党在竞争，难得有一个真正的多数党，经常由若干党联合组成内阁，情势一改变，政党联盟又会重组。法国的制度，是在协调与专制之间动荡，可以说是英国、德国的中间形态，可是并不稳定。

以上所说的民主制度，也必须建立在个人的自觉性与自主性之上。由此发展出公民对国家事务的直接参与，人们并不认为自己是君主的"子民"或被统治者。当然，等到启蒙运动时，尤其法国的启蒙运动者，又从历史和神学的角度赋予个人自主性。那些启蒙运动中的思想家，发展了丰富的理论基础，将民权与人权合一，最后呈现为法国大革

---

❶ **畿辅**　是指首都附近的地区。

命的民权运动,英国清教徒❶革命的市民权利,以及美国独立革命中美国宪法所主张的天赋人权。

人权思想的附带产品,就是男女之间的平等权利。大多数战斗部落,例如纵横草原的匈奴和蒙古,以及今天中东的阿拉伯民族,妇女普遍没有和男子一样平等的地位——因为妇女不能扮演和男子一样冲锋陷阵的角色。可是,北族的维京人和英国的条顿人❷,他们长期在海上活动。族群里的男子可能长期在海上,家里一切事务都由妇女承担,如果发生不幸,出海的男子不再回来,维持家庭的责任就落在妇女的肩上,因此,这些族群的部落会议,妇女也一样参加,有时代表自己家里的男子汉,有时代表一个家庭或家族,她们对共同体的治理,有一定的发言权。因此,妇女担任领袖,女子继承产业,都是自然而然的事情。这一特色,在许多定居的农业区域是罕见的。

---

❶ **清教徒** 基督教新教中的一派,16世纪中叶起源于英国,原为英国国教圣公会内谋求进一步实现加尔文主义的改革派。由于他们要求"清洗"国教内保留的天主教旧制和烦琐仪文,提倡"勤俭清洁"的俭朴生活,故名。

❷ **条顿人** 相传为日耳曼人的一支,一说为凯尔特人的一支,前4世纪住在欧洲易北河河口附近北海沿岸。

大陆法系与英美法系的形成

在基督教神权专政时代，宇宙里的一切现象都被归为上帝的意志，神制定了宇宙的规律，这就是所谓"上帝的法则"，也可以称为"神律"。宗教革命以后，神律的解释权不再专属于教士们，而是回归到人的理性。启蒙时代的自然律，其实就是神律的另一名称。自然律不仅是宇宙运行的规则，也为近代科学的思考提供了依据，"科学"必须从理性推演，而且必须有迹可循。假如，自然的现象多是偶然产生，理性将无从措手，也就无法按照理性推演，一步步从已知推到未知。

人类行为也必须依从有规律的秩序，这一构想当然也是从神律的想法延伸的。在神权专政的时代，教士们可以替神发言，规划人间的秩序；教士们也有权力，决定赦免或是不赦免人的罪行。这种因人而异的神律，就不是一个可以预测的规律。宗教革命以后，主权国家制定法律，是根据人类个体共存于一个社会的要求来制定的。德国系统的法律，一方面追溯到罗马时代的法典，另一方面，也将这些法典解释为神律在人间的体现。法国大革命后，拿破仑又在这套罗马法典的基础上，编纂出《拿破仑法典》，也不外乎根据神设定的秩序，制定出一套适用于人间的行为规范。这种法典，也必须合乎理性。因此，今天所谓大陆法系的法律，可说是按照天理的神律，落实为人间的法律。

与此相对，则是英国系统的习惯法。人间的秩序是按照社会共同体成员长久形成的习惯而逐渐形成的，众人谓之"是"就是"是"，众人谓之"非"就是"非"。英国法系后来发展成英美法系，可以说是建立在"人情"之上。人的行为和习惯因时间而改变，所以英美法系常常没有一个基本的法典，而是由经过民主秩序选举的国会协调制定出一套人的行为规范——包括宪法及按照宪法精神拟订的法案。同样，许多过去的判例，也是法律的依据，这些判例的决定，是经过法院和陪审员按照当地的风俗习惯，对某一个实际个案的判决。这种判例，代表的也不过是某一时空条件下，这一个社群的是非标准。英美法系相对于上述的大陆法系，可说是建立在"人情"的基础上。"天理"和"人情"合在一起，才成为人间的法律。两者最后的精神，是理性，也还是人对自己智性能力的自信。

在这一章我们谈到的是，宗教革命以后才开启的一个近代的西方社会。在人类历史上，只有犹太——基督教的神学，对神有绝对的肯定。相对而言，中国、希腊和印度的文化系统中，都是多神信仰，神的意志也不完全合乎理性。基督教的宗教改革，将教会这个中介除去，留下了天然秩序和人间秩序的理性和统一，加上对族群本身的认同感和归属感，公民完全参与了共同体的事务，公民本身的认同是和共同体完全一致的。如此情况下产生的近代国家体制，"主权"和公民的特殊归属有密切的关系。近代的主权国家，因此不同于过去的帝制时代，没有"君主"和"子民"之间不相契合的情况。在国民成为共同体不可分割的一部分的时候，这个共同体的力量是具体且可以凝固的。加上神律和人间秩序的互相转换，使得共同体的内在秩序，也具有前所未见的坚实。

这种共同体的凝聚力极为强大，动员国民的机制，可以使国家具有无比强大的实力，并不断以此实力做进一步的扩张。近代世界的组织形态，长期以来，"民族"的"主权国家"，几乎是大家视所当然的终极形态。直到最近，全球化一步步实现，主权国家的意义不得不有所改变。人权的普及化，也将充当国家一分子的"公民"的色彩冲淡了不少。可是无论如何，上述近代国家的形态，还是世界上延续数百年的一种体制。

第五章

近代资本主义发展的动力和基础

在前几章，我们谈到近代的开始有主权国家出现和宗教革命两件大事，这两件大事是互相关联的：只有经过宗教革命才能将公教秩序推翻，而经过主权国家的成立，人们才能有所归属和有所认同，觉得自己是一个国家的公民——民族国家这个新的共同体，成为凝聚国民实力的中心。但是，单单只有这两件大事，中古的转变不会走向日后的方向。现在我要讨论的是另外两件大事：一件是 14 世纪下半叶出现的大瘟疫；另一件是大洋航道开通之后，美洲新大陆的发现。前者跟上述的两件大事相辅而行，也是因果关系的"因"，后者是因果关系中的"缘"。

大瘟疫反而推动了工业生产

先说 14 世纪下半叶的大瘟疫。这次瘟疫，在不到十年内蔓延到全欧洲，夺走了不少于三千万人的生命。当时，整个欧洲的人口——虽然没有精确的统计数字——也不过一亿，三千万生命就等于是三分之一的人口了。最近英国的考古学家和医学家合作，研究伦敦公墓那个时期留下来的古代遗骸，得到的结论与上述文献记载的数字相符合，也是有三分之一的人口死于黑死病。

这次大瘟疫之后的 15 世纪到 17 世纪，还不断地有同样的瘟疫继续发生——三百多年来，欧洲的人口始终没有恢复到原有的一亿左右。人口减少，土地面积不变，对于农业的发展有一定的影响。在劳动力不足的情况下，欧洲的农业发展不可能和中国一样走向劳动力密集的精耕农业。欧洲的农业形态，自中古以来就是粗放式经营，加之人口的大量减少，农业的发展更是依赖人力以外的劳力。比如说，巨马大犁深耕的大面积耕种，也不能脱离轮耕的三圃制❶。欧洲的农村，长期维持着林地、牧地、农地混合的形态。

---

❶ 三圃制 亦称"三区轮作制"，耕地分区轮作法之一，盛行于中世纪欧洲国家。耕地分成三区，每年一区休耕，两区分种春季作物或冬季作物；作物也在各区轮种。

"黑死病"笼罩下的中世纪

14 世纪下半叶的大瘟疫，夺走了欧洲不下于三千万人的生命。

混合形态下生产的农业产品决定了欧洲人的生活方式——他们的维生资源很丰富，食品也是多样的。如此形态的农业，为后来靠机器耕耘的大田经营的模式奠定了基础。

劳动力减少，不只在农业方面，城市中也一样。在城市中，少数的劳力要生产足够社会使用的产品，也逐渐形成许多劳工联合在一起的作坊业。在同一个作坊之中，整个加工流程切割为不同阶段的工序，每一个工人操作一定的工序，联结成串，共同制作一个成品。作坊的生产，因为是有组织的合作，可以生产较大数量的产品，也可以用标准化的生产取代个性化的精湛手艺。相对地，中国的手工生产常常是在农舍之中，以农余的劳力制作由个人单独完成的手工艺品。所以，中国的工艺产品，虽然成品精美，但很难实现标准化，因此数量不多。欧洲的这种发展方向，可以大量生产标准化的成品，也奠定了后来工业革命的基础。

人口减少，每一个人能够分摊的财富数量以及资源数量就相对地比较多了。于是，虽然欧洲有因瘟疫而来的死亡阴影，但生活标准却是相对地提高了，城乡之间的生活差距也相对地缩短了。生活水平提高，人均收入增加，这个现象本身说明，一个收支平衡的经济体，在失衡后反而有继续发展的空间。

新航道和美洲大陆成为财富之源

促进消费，还需要有额外的刺激，新航道的开辟和美洲新大陆的发现，正配合着这个需求，为欧洲近代文明的发展增加了意外的资金和资源。14世纪至15世纪，伊斯兰教已经在中东和东欧有了迅速的发展。那时候的地中海东岸和地中海地区相比，文明程度与生活水平都较高。这个地区得以赚取的巨大利润，有相当大的原因是占据了东方和西方贸易中转站的位置。中国生产的瓷器和丝绸，无论是经过陆路还是印度洋的海路，都必须经过中东地区才能进入欧洲市场。在南太平洋和印度洋生产的香料，经过红海或波斯湾进入欧洲，同样要经过中东地区伊斯兰教的势力范围。伊斯兰教世界因此获得大量的财富。它一方面征收过境税，另一方面商品又可低价购入，再以高价向欧洲发售，赚取巨大的差价。地中海地区的城市商人早已累积了经验，发展了一整套国际贸易机制，如信用贷款、合伙经营等。这些都是未来资本主义发展的前期经验。可是，由于中东伊斯兰教地区的盘剥太甚，欧洲的客户感觉无力承担，必须寻求其他出路。于是，寻找新航道绕过中东伊斯兰教地区，就成为欧洲商人必须进行的工作。

如果欧洲商人要绕过地中海前往东方，只有绕过大西洋进入印度洋这一条路。在欧洲的西边，有三个国家可以担任这个工作：一个是葡萄牙，一个是西班牙，一个是英国。葡萄牙和西班牙早着先鞭，将国际贸易转移到新航道上。新航道的开辟与美洲新大陆的发现是大家都知道的事情，我们不必细说。其结果是，葡萄牙在印度洋和太平洋方面建立了一连串的中转基地，建立了成功的转运系统，将东方的商品经过大洋航道运载到欧洲的西岸，再分别运送到欧洲各地的市场。于是，本来处于欧洲边缘的英国、葡萄牙、西班牙，反而成为在大洋航道贸易上最占便宜的国家。伊斯兰教地区可以赚取的利润，相当大的一部分转移到了新航道上。后期的发展，是葡萄牙和西班牙竞争不过荷兰和英国，最后得到最大利益的是英国（至于它们如何竞争，我们将来再谈）。大量物资能够进入欧洲，对于东方的经济发展也有一定的刺激。明代中叶以后，中国和日本享有三百年的贸易顺差。就欧洲本身而言，新获得的财富最后几乎都集中在城市，农村只能获得少数余利。

哥伦布发现美洲虽属偶然（众所周知，哥伦布至死还一直以为自己到达了印度），但却是世界史上的重大事件——乃是人类社会终于走向全球化的关键一步。在这一片广阔肥沃的土地上，原住民印第安人已经积累了几千年的财富。玛雅❶、

---

❶ **玛雅**　玛雅人是中美洲古代印第安人。玛雅帝国是在前3世纪就出现的都市国家，据说全盛时期人口达到1400万，10世纪后开始衰落，16世纪为西班牙殖民者所毁灭。玛雅人有象形文字，有高度发达的农业，在数学、天文学、历法、建筑、石雕和玉雕等方面都有很高的造诣，史称"玛雅文明"。为美洲文化的发祥地之一。

哥伦布发现美洲新大陆

新大陆的发现是世界史上的重大事件，标志着人类全球化跨出了一大步。图为1840 年绘制的哥伦布发现美洲新大陆的版画。

印加 ❶ 这两大帝国，文明水平不低，也有复杂的帝国统治机制和繁荣的城市经济，美洲本身生产的黄金、白银，经过几千年的积累，绝大部分已经集中于这两个大帝国。西班牙人征服中南美，用卑鄙的手段劫持了印加皇帝，赤裸裸地掠夺了印加帝国长期累积的黄金和白银。这些黄金和白银的价值，我们现在已经无从估计，但我们可以确定的是，这些贵重金属的总数量，超过亚欧两大洲曾经累积的数量。我常常将之比喻为天上掉下来的第一篮金子。欧洲资本主义的经济，是凭借这一篮金子作为原始本钱起家的。

国际贸易的经验成为资本主义的起源

最初，大量财富流入西班牙、葡萄牙。但是，这两个国家的贵族没有经过宗教革命的洗礼，也没有发展近代的国家机制，他们只知道拿掠夺来的财富享受奢侈的生活。贵族们的用度豪奢，西班牙的工人生产的产品不能满足他们的

---

❶ 印加　南美洲西南部的印第安人古国，"印加"即"太阳的子孙"之意。约自 12 世纪末起，秘鲁库斯科谷地的印加人逐渐兼并周围地区，至 15 世纪中叶形成强大国家。16 世纪最盛时，疆域北起哥伦比亚边境，南至智利中部，西濒太平洋，东达亚马孙丛林和阿根廷北部。印加人口约 1000 万，农业发达，建有完善道路系统和雄伟建筑，一般称为"印加文明"。1533 年，被西班牙殖民者灭亡。

需要，反而是中欧城市的工人们，推行了作坊制度以后，在产品的质和量上都有巨大提升。中欧地区的城市，就是今天的德国，终于在日后成为欧洲工业化的主要基地。在这些城市之中，作坊生产模式逐渐蜕变成大工业生产制度，而许多熟练的劳工，成为城市之中主要的劳动力。

大西洋东岸，英国、葡萄牙、西班牙、荷兰竞争的结果，是英国取得了胜利。英国是个海岛国家，孤悬海外，资源不多，能够在这场竞争中取得胜利，是由于他们长期累积的大洋航海经验。16世纪晚期，英国已经在竞争中占上风。17世纪开始，英国人大量移民美洲。在对美洲资源的竞争过程中，西班牙步步退缩，只据有今天的中南美。在北美地区，英国击败了法国，取得北美广大的领土。新大陆的资源和生产能力滋养着英国，使英国成为当时世界第一强权的国家。英国经过工业革命后，蒸汽动力代替了人力和畜力，这是史无前例的大发展。从此，人类掌握的热能源，从煤一步步提升到今天的核能，自然资源为人类生产提供了动力。用蒸汽动力来代替人力和马力，其根源还是在于欧洲劳力缺乏，必须用人力以外的动力。相对而言，中国当时利用自然资源作为能源，大概只限于水力，水磨、水碓等都是自然资源的直接运用，没有经过欧洲以热能作为动力的工业化过程。

地中海国际贸易的经验，如信用贷款、合伙经营、航海活动、海运保险等制度，都是在地中海的商业城市中逐渐发展出来的。18 世纪的英国，已经发展出这些经营手段作为海外贸易的运作模式。英国的经验推广到中欧和大西洋西岸，成为欧洲和美洲经济的内核模式，这才是资本主义的起源。

我们也不得不提一下，在大洋航道开通以及征服美洲的过程中，欧洲的海商集团，依仗船坚炮利所向披靡，使得美洲、非洲和大洋洲中各种土著人群，甚至在中国、中东和印度等这些拥有古老文明的国家和地区，都无法撄其兵锋。然而，历史的悖论在于：火器是从中国人发明的火药发展起来的热武器，大洋航行需要的工具——罗盘，也是中国人的发明，属于中国人的两大发明，却促成了欧洲的扩张和资本主义的发展。因此，培根❶才说"印刷术、指南针和火药曾改变了整个世界"。除了上述两种发明以外，另外一项是活字印刷技术，它使得知识更容易普及。这也是近代文明发展过程中很重要的因素。今天回头看看中国的历史，中国人自己的四大发明，却没有在中国自己的领土上发挥应有的功能，以至于资本主义的发展和工业革命竟是在欧洲发生，而不在中国。造化弄人，历史何尝不也在弄人？

---

❶ 培根（Francis Bacon，1561—1626）英国哲学家，英国唯物主义和现代实验科学的始祖。

第六章

欧洲近代科学的发展

　　本章谈的是近代科学的发展经过，尤其是与科学相关的一些观念的改变。欧洲历史上向来有一个说法，认为 17 世纪发生了一次科学革命，这个说法并不完全合理。实际上近代科学的出现并不限于 17 世纪，而应该涵盖 16 世纪到 18 世纪整体的发展过程。

近代科学的发展基于科学的宇宙观

　　近代科学的特色在于其思考的方式。第一，科学家不再相信任何权威，无论宗教上的权威还是大人物的权威，他们都不信仰，而要依靠理性的思维和实证来验证。在近代以前，欧洲的宇宙观是从一定的理念延伸而来的。例如，希腊文明中亚里士多德的观念长期影响了学术的方向和思考

的方式；基督教会统治了欧洲以后，其教义成为一套不可
违背的权威。这双重权威——希腊文明的权威与基督教的
权威，约束了欧洲科学思想的自由成长。

只有在打破基督教会独占思想领域的局面之后，以科
学的方式作为讨论宇宙中各种学问的基础才有可能，科学的
宇宙观才能出现。其中，在天人关系上的突破性发现是科
学的宇宙观得以确立的核心和支柱。在哥白尼以前，欧洲
人和所有其他地区的人有大致类似的观念（具体说法虽有
不同），以为地球是宇宙的中心。基督教教义更主张宇宙是
因上帝的意旨而存在。上帝是全在、全知和全能的神，上
帝的意旨笼罩所有人类的思想。哥白尼和伽利略❶两位科学
家提出了另外一套宇宙观，也就是以太阳为中心的宇宙观。
很长的一段时间内，这些思想还只能在地下流传，不能在教
会支配的学术界公开讨论。宗教改革以后，牛顿提出用别
的方法来证实哥白尼的"日心说"。他下手的方向是从数学
开始，用数学的计算来说明各个星球相互间的关系。当然，
牛顿提出的万有引力定律，以及和万有引力定律相关的几个
力学概念，也都是陈述这个新观念的工具。根据科学思考
而呈现的"日心说"以及"太阳系是宇宙的一部分"的观

---

❶ 伽利略（Galileo Galilei, 1564—1642）　意大利物理学家、天文学
家。他在天文学上的重要发现有力地证明了哥白尼的日心说。

牛顿手稿

牛顿提出的经典力学三大定律，成为物理学和工程学的基本定律。图为 1685 年牛顿以拉丁文写下的运动三定律原稿。

念，是我们现在理所当然的想法，也是一切近代科学能够继续发展的重要基础。

从牛顿开始，科学研究有两条途径。第一条途径是数学的思维，纯粹理性的思考方式，不牵涉任何具体的空间、时间和个人。固然，数学中的几何学是讨论空间，而微积分本身就是讨论经过一段时间后数量的变化，而此处所谓的时空条件是讲人间的时空条件，不是讲思考方向的时空过程。数学超离时空，超离个人，超离其他一切牵涉的具体条件。数学成为思考工具的时候，我们才有纯理性思考的可能。第二条途径是归纳和实证。所谓归纳，是从相当数量的数据之中，寻找一些共同的现象，再以这些现象作为假设，用原来不在数据群中的新数据来检验提出的假设。证实之后，这个假设才能成立。依据实证的归纳法，今天许多科学学科，必须借重严谨的实验过程，才能一步一步推演，发现现象和做出解释。上面所说的两种思考方式和形而上学❶的纯逻辑的推论相比较，其研究方法和得出的结论是很不一样的。因此，牛顿的出现以及牛顿理论不可动摇之地位的确立应该是近代科学的起始。这套近代科学研究方法至少维持了两百年之久，要到19世纪，才会有另外一些更新的思考方式来弥补其不足，甚至改变它的一些基本假设。

---

❶ 形而上学　在哲学史上，指研究超感觉的、经验以外对象的哲学。

科学的发展改变了人类的生产和生活

近代物理学提出的质和能的概念，必须依照数学能够达到的精确度进行测算。前面所说牛顿理论的基础也是数学，有了数学这个基础才能有物理学上热学、光学等多种学科的发展，而这些学科的发展，是近代机器产生的前提条件。

和物理学有关的化学，是另外一门重要的学问。近代的化学扬弃了以前三个元素、四个元素，甚至中国人所谓五个元素（五行）的说法，提出了分子和原子的概念，才使我们能够真正认识物质的本质。玻意耳[1]、卡文迪许[2]和拉瓦锡[3]在实验中找到分子，作为物质元素的最小单位。化学家能够在实验中分离出氢和氧。他们开始理解一种种元素，

---

[1] 玻意耳（Robert Boyle，1627—1691）英国化学家、物理学家。他将当时习用的定性实验归纳为一个系统，首次引入"化学分析"的名称，成为分析化学研究的启蒙者。著有《怀疑的化学家》。

[2] 卡文迪许（Henry Cavendish，1731—1810）英国物理学家、化学家。1798年，他用扭秤实验验证了万有引力定律；在化学上，他证明了水和空气的组成。著有《关于空气的实验》等。

[3] 拉瓦锡（Antoine Laurent Lavoisier，1743—1794）法国化学家，近代化学的奠基人之一，"燃烧的氧学说"的提出者。拉瓦锡与他人合作制定出化学物种命名原则，创立了化学物种分类新体系。著有《物理化学和化学概论》和《化学基本教程》等。

理解它们如何互相组合而构成化合物。当时人类的知识已能够编制元素周期表，将各种元素按照其性质排成行列，并且预留一些位置给还没发现的元素。这种分类法，是真正科学思考的结果。过去有"地水火风"或"金木水火土"之类的粗糙分类法，经过实证的分类，它们终于完全被推翻。也因为有了这套现代化学观念，才有后来一步步发展的化学工业。因此，人类开矿得来的许多自然资源，能够经过分离还原成元素，经过再次合成后成为新的产品。直到 18 世纪以后化学工业才大量影响我们的生产，今天我们的日常生活已离不开化学合成的产物。

　　生命科学方面，也是在 16 世纪，哈维❶通过人体解剖，实际考察了人类的身体结构，完全清楚地了解了血液的循环。哈维的实证工作，在当时是甘冒生命危险的尝试，因为教会不允许任何人进行尸体解剖。哈维以后，医学的进步和对人体的了解是同步进行的，对人体多一点实证的了解，医学才多一分进步。列文虎克❷对细菌的研究，也在生

❶ 哈维（William Harvey，1578—1657）　英国医师，实验生理学的创始人之一。他首次证实了动物体内的血液循环现象，并阐明心脏在其中的作用。发表了《动物心血运动的解剖研究》《论动物的生殖》，推动了生理学和胚胎学的发展。

❷ 列文虎克（Antonie van Leeuwenhoek，1632—1723）　荷兰显微镜学家，微生物学的开拓者。

命科学中开启了另一个重要的领域，让我们了解到那么微小的微生物对我们人体有多大的影响。

我刚刚说到，几个重要的科学领域都在 16 世纪奠定基础，发扬光大则是在 18 世纪以后。总的来说，伽利略的"日心说"，牛顿的经典力学三大定律，波意耳寻找分子的化学研究，以及生命科学方面经过人体解剖而获得的知识，这几个领域合在一起奠定了近代科学最重要的基础。从此以后，人类放弃了过去形而上学的思考方式，走入了科学宇宙观、科学生命观和科学人生观的广大天地。培根指出，这一切新的思考方式，不外是归纳和实证。

欧洲近代科学和中国传统学术在宇宙观上的差异

将欧洲近代科学和中国的传统学术思想对比一下，中国确曾有过许多很重要的科技贡献，但这些贡献，常常是从经验之中来，为了实用的目的逐步发明。例如，在数学方面，中国古代的算学，大多是为了实用的计算而发展——怎么量面积、体积，怎么计算数字，怎么编制历法。这些算学方面了不起的成就，都是从实用的观点着手，并不注意以理性为基础的理论研究，也没有严谨的归纳实证。中国的传统医学，也是累积经验进而归纳出若干病征的特点，也寻到若干可用的草药，但是每一桩都是个案，很少有人能

明万历刻本《伤寒论》

由东汉张仲景编著的《伤寒杂病论》，是我国第一部临床医学巨著。图为《伤寒杂病论》的《伤寒论》部分。

通过个案总结出一个通论，像张仲景《伤寒论》❶那样的思考其实是不多的。中国药学方面最重要的著作是各种"本草"。明朝时，李时珍综合前人知识，编成《本草纲目》，是中国药学史上最重要的著作。可是李时珍的分类和欧洲林奈❷的植物学研究成果相比，就有很大的差距。林奈的植物学是从植物本身的形状、性质、成长过程等入手，分出若干不同的纲、目、科、属、种，这种植物科目的分类奠定了后世植物演化谱系研究的基础。再以各种"本草"和林奈的植物学对比，我们也可以看出欧洲近代科学和中国传统学科之间的差异。有些人也把中国的儒学，尤其是理学中的"理"，比作西方世界的"reason"，尤其是培根所说的"reason"，其实两者并不完全契合。中国的"理"，是天造地设的，由宇宙本身的"道"呈现为"理"，因此有点像宇宙律。中国古代的观念，"道"不受人力约束，所谓"天法道，道法自然"，"不为尧存，不为桀亡"，乃是超越地呈现宇宙本体。宋代理学成为儒家正统，却将人际关系的伦理

❶《伤寒论》《伤寒杂病论》的伤寒部分，东汉末张仲景著。这本书总结了汉代以前的医学成就，是现存中医学中最早系统论述外感疾病的重要文献，对后世医学发展起着巨大作用。
❷ 林奈（Cart von Linne, 1707—1778） 瑞典植物学家、自然学者。他创立"双名命名制"，将以往紊乱的植物名称归于统一，对植物分类研究的进展影响很大。著有《自然系统》。

说成是这一超越的"道"和"理",限制了"道"和"理"的超越意义。

欧洲近代科学的理性,也是一个自然运行的规律,不过,正如培根所说,后者是可以经过实证检验的,不是形而上学的演绎。李约瑟 ❶ 所写的《中国科学技术史》,中文翻译叫作"科技史",英文原题却是"工艺和文化史"。从中英文标题本身的区别就可以看出,中文里对科学的理解和西方主流文明对科学的理解,其实并不一致。近代的中国人,还是延续着清末的思想,要用西方的工艺技术,寻求强国富民之道。

总的来说,从 16 世纪到 18 世纪发扬光大的近代科学,应该是现代人类文明发展的重要阶段。第七章我们会谈到这些科学发展与社会经济的关系。

---

❶ 李约瑟(Joseph Needham,1900—1995) 英国科学家、中国科技史研究专家、胚胎生物化学创始人,所著的《中国科学技术史》指出中国古代科学技术曾极大地影响了世界文明的进程。

第七章

以城市为主的近代文明的发端

第六章我们谈论 16 世纪到 18 世纪近代欧洲科学的开始，这一章我们讨论为什么在那段时期，科学竟然发展得如此迅速和传播得如此广泛。我们已经说过，宗教革命以后产生了许多观念上的改变，而科学发展直接向传统神学观念挑战，开拓了新的思想天地。

现代研究机构和大学纷纷形成

我们要问：为什么有这么一群人，可以投入如此崭新的心智活动？我首先想要指出的是，这群人的涌现和当时的社会经济条件有相当大的关系。

我们必须注意到，从 17 世纪开始，几个重要的国家都有学术团体的出现，英国有皇家学会，法国建立了法兰西学院，类似的组织在荷兰、德国等地也相继出现了。与这些学术团体相配合的，则是一些重要的大学，教师们在教学之外还投入学术研究。中世纪的大学，主要传授知识，并不完全专注于研究工作。到 17 世纪至 18 世纪的时候，英国的剑桥大学和牛津大学，法国的索邦❶，德国的柏林大学、海德堡大学等，这些学校纷纷成立，甚至在美国也出现哈佛大学和耶鲁大学。这些大学不仅在课堂上传授知识，教员们也有相当多的时间投入研究工作，开拓新的知识领域。上述学会和大学的出现，意味着有一大批学术精英，可以受各方面的支持进行专业的研究工作。有些学科还必须有实验室。比如，剑桥的化学研究室曾是这一学科的重要阵地。其设备，在今天看来是非常粗糙简陋的，然而在当时，并不是普通老百姓可以自己在家里维持的。

　　学术研究氛围的形成，不能单单仰仗精英。在顶尖的精英下面，还要有一大批对学术有兴趣的普通民众，他们可以不必挂念生活而专心探讨学问。不必用正式论文来支持我的说法。我简单举一个例子：英国狄更斯的小说《匹克威克外传》，描写的是一群无所事事的乡绅，他们的子弟

---

❶ 索邦　1257 年，神学家罗伯德·索邦在巴黎创立索邦学院，这是一所神学院，后发展为巴黎大学的核心。索邦本人也自 1258 年起任巴黎大学校长，故"索邦"一词变成整个巴黎大学的代称。

不再留在乡下，而是群居伦敦。他们彼此之间结合成团体，讨论学术问题。有这些广大的一批对学术有兴趣的群众，才能在他们上面的尖端，出现那些有重要贡献的学术精英。

我们下一个问题要问，这些对学术有兴趣的人口——我们姑且称为城市中产阶级——他们以何维生？他们的生活资源从何而来？回到前面提过的匹克威克先生，那位胖胖的、似乎没有受过正式教育的年轻人，好像并没有任何职业，可是他能够整天去问一些问题，去进行一些似乎是可笑、笨拙的研究计划。回头来看，我们能发现，17世纪至18世纪，欧洲的经济有了全盘的改变，才能支撑这些中产阶层的年轻人进入城市，投入学术研究社群。

专业生产和区间贸易形成新的经济形态

现在再逆向问一个问题：欧洲当时出现了什么样的重大改变？第一，欧洲的农业进行了一次革命。过去的农村，林业、牧业和农业三环配合，提供一般人的食物——树林里采集的果实、牧场上牧养的牲畜和农业生产的谷类，构成了欧洲当时食物的三大来源。

17世纪至18世纪的时候，由于大瘟疫导致人口减少，欧洲的劳力一直没有恢复常态。人口减少了，劳力就减少了，消费人口也减少了。因此，农村的土地没人耕种，也没人消费。在人均土地分配数增加的情况之下，欧洲发展了三圃轮耕制度，也就是三分土地，轮流种植不同的作物。这种轮耕制度，使得土地能够更合理地使用，也能发挥更高的效率。在同一片土地上轮流种植不同的作物，这些作物吸收的养分来源并不一样，每年轮到新的作物，都和去年耕种的作物不冲突。整体讲起来，耕种面积依旧，而农产品的总数却增加了。相对而言，林业、牧业供应的食物不足，可能要依赖别处的供应。

因为有这样的农业革命，整个欧洲出现区域性分工。比如说，东欧的波兰就是以大马深耕发展的大田制，使用较少的人工劳力出产大量的谷类。而法国温暖、潮湿的西南部，就成为种植葡萄的理想地区，葡萄酿制的酒，其市场价值比粮食高。通过这两个例子，我们就可理解，欧洲在大范围之内出现区域性分工，构成活泼的区间贸易。意大利的橄榄油、法国的酒、东欧的麦子，可以互相流通，构成一个很复杂的流通网络，刺激了区间贸易的发展。这对于交通要道上的城市发展也有极大的帮助——这是重商主义的第一步。

由于劳力缺乏，而且有了专业生产与区间贸易的观念，欧洲人也开始在地中海的南岸也就是北非地区和中东地区，开展区间贸易，将这些地区的特产运到欧洲，也将欧洲特产运销各处，将区间贸易扩大到欧洲以外。事实上，大洋航道开通以后，非洲西岸、美洲大陆和印度洋以及太平洋的古老文明地区，已有活跃的远洋贸易。中国的丝绸、瓷器运销到欧洲，欧洲的商品运销到太平洋、印度洋。中国的小件工艺品，也一样经过航道运销到东南亚和印度洋等处。这些从事跨洋贸易的商人，基本上以欧洲人、阿拉伯人为主，印度人、中国人、日本人为辅。活跃的全球贸易，应当可以看作是今天所谓全球化的第一个阶段。

远洋贸易的航道上，最活跃的商人早期是葡萄牙人和西班牙人，主要由地中海地区的活动（集中在意大利、西班牙和希腊半岛这一带的港口）扩大到远洋航线上的贸易。紧接着，荷兰人和英国人代替了葡萄牙人和西班牙人，他们把持远洋贸易，在远洋建立转运港口。大西洋沿岸最重要的欧洲港口，就是在英国、法国、荷兰一带的进出口集散中心。欧洲区间交通要道上的城市，也发挥了商品集散的功能。这些活动，是近代资本主义贸易制度的起始。

一条远洋帆船出海，经年累月，才带回运销欧陆的商品，成本虽高，但利润可有本钱的数十倍。一条大船出海，中间可能遭遇海难，也可能因为其他种种原因不能回来。如何筹措第一笔资金，是重大的问题，筹措资金这一需求推动了银行和股份公司制度的产生。投资者投入大量资金，要经过相当长一段时期之后才有结果，不是回收巨利，就是完全落空。如何使大量投资不至于完全落空，这一需求也发展出了一个同行保险的制度，彼此合作，分担风险，也分摊利润。银行和保险业务，只有在交通要道上的城市，才有财力和经验可以组织和承担起来。

除私人的力量以外，必定要有更大的力量来支撑这个大资金、大风险的事业。于是，荷兰和英国就出现了海外公司，譬如说，荷兰的非洲开拓公司、东印度公司，英国的东印度公司、西印度公司，等等，都是以官方或者王室贵族的力量作为后盾来维持这些大企业的。在天主教的国家，教会担起了对外扩张的后援任务。在大洋航道刚开通的时候，天主教的教宗，曾经把地球分成两半，东半边属于葡萄牙人，西半边属于西班牙人。所谓把地球分成两半，意义相当模糊，狂妄地说，可以解释成教会秉持上帝的意志，把东半球、西半球欧洲人以外的地区，划归葡萄牙人、西班牙人各自所有。第一阶段就是由不同的差会❶在各地展开教会的传教活动，随着教会团体而建立的基地，其实是有组织的商业活动。荷兰、英国和天主教世界，以宗教或国家力量作为后盾的贸易活动，就不是个别老百姓零散从事能比的了。这些大公司，像英国的东印度公司，既是商

---

❶ **差会**　西方各国基督教新教派遣传教士对外进行传教活动的组织。产生于17世纪中叶，随着欧洲殖民主义的扩张，逐渐向美洲殖民地和亚非各国伸展。

广东到北京的地图

1656—1657 年，荷兰东印度公司商团从广东至北京面见清顺治皇帝期间，由团员约翰·尼霍夫绘制，于 1665 年出版。

业活动的机构，也是帝国主义侵略东方的工具。

东印度公司的资金，并不完全来自王室或者政府，一般的老百姓一样可以投资，投资者每年分红可获得巨利。因此，远洋贸易的利润，可以维持这些对外开拓国家的中产阶层，使得这些中产阶级不再仰赖自己土地上生产的农产品，而可以在城市之中靠股利的收获维持悠闲且优裕的生活。从劳动中释放出的大量的中产阶级人口，其中相当的部分，就是依照个人兴趣，转入了新兴的科学研究的行列。

因此，科学发展的背后，能够维持这么一批学术人口的基本条件，还是因为重商主义的区间贸易，开拓了各处的远洋贸易，发展了新的经济制度，也就维持了新兴的市民人口。至于第二步，欧洲人如何移民进入美洲和各处殖民地，在将来我们讨论帝国主义开拓时，会有更多说明。

以热能推动的工业革命

有了富裕的城市，以及大量有余钱消费的人口，对于商品的需求又提高了，商品有了市场，但是劳力不足，于是就发展了节省劳力的机器。瓦特发明的蒸汽机，带动静止的机器或者活动的车辆，是人类开拓能源的一个重要的转折点。过去的能源，不是靠人类自己，就是依赖动物的劳力。当然，水力也有相当地使用，水力可以推磨，也可以将低地水提到高处。然而，水力的使用受天然地形的限制，不宜普遍应用。过去，热能的使用，除享饪以外，最多用于冶金和陶瓷烧胚。在瓦特发明蒸汽机以后，以煤作为燃料产生的热能，几乎无处不能随时使用。第一步使用在矿产开采领域，过去以马力和人力拉动矿车，现在是以蒸汽机推动。同样地，过去以水力推动的机件，也可以蒸汽力量来推动。这就是工业革命的第一步了。以热能推动的工业革命，也就引发了新的金属冶炼工业。譬如说，烧煤出来的焦煤，就可以和生铁生产精钢，精钢灌模制造的机械，抗磨耐用，比竹材、木材制作的机器要好得多。于是，工业革命的第一步，就是煤和铁的使用，这两种新资源的需求，又引发了新的产业，亦即矿业和冶金业。新的工业产生了一定的利润，当然也就维持了一定的人口，使得欧洲的富足程度又提升一步。如上所说，兴起的经济条件，从农业革命到工业革命再到海外贸易，经过三个阶段的连环发展，使得当时欧洲的城市拥有的资源比任何时代的农村都要丰富——财富从农村转到了城市。人类的文明成为以城市为主的文明，是近代文明的重要特色。

总的来讲，科学研究与大量投入科学研究的人力，反映了当时社会经济力量的提升和转变，这些经济条件，使得近代文明中科学和工业这两根支柱能够稳固地维持数百年。

第八章

从人权平等观念走向民主政治

　　第七章讲的是科学革命和因此引发的工业革命的起源，这一章我们要讨论从科学革命引发的一些理念如何转变成社会和政治的理念，民众及知识分子又如何受其影响，推动了近代国家的出现。

人权平等观念引出权力在民理论

　　伽利略和笛卡儿❶都强调宇宙之间有一个自然律，而人类可以凭着理性去发现这个自然律的运作方式。这种强调

---

❶ 笛卡儿（Rene Descartes，1596—1650） 法国哲学家、物理学家、数学家。在认识论上，他主张唯理论，把几何学的推理方法或演绎法应用到哲学上，是近代唯理论的创始人。

科学与理性的观念，在启蒙运动的时代也就转化成政治和社会都遵循理性发展的观念。

我们第一个想提的是英国人霍布斯❶。他认为，人在自然环境中，虽然个人与个人之间有才智和体能的差别，但整体而论，只要是人类就应该拥有理性思考的能力。霍布斯从人性平等的观念出发，以尊重理性的态度推演出：一个社会或一个国家，应该是根据理性组成的。人类固然有竞争，但是人类应当是倾向于和平合作，他们也希望有比较安定的生活，也希望自己的辛苦劳动可以得到一定的回报——这些，他认为是人性的通则。固然人有时候会粗暴而且带有侵略性，可终究人是愿意有一个比较舒适的生活环境；同时，人也愿意与其他人结合在一起构成一个群体，共同维持彼此和平的关系，也可以保卫这个群体，使其不致被外敌侵犯和欺负。从这两个观念上看，霍布斯认为人类共同的天性是要有自由，不愿意被人压迫，自己也不应该压迫人。霍布斯认为，要解决人与人之间的冲突，根据自然律引申出来的人类的法律也可以作为维持人类生存自由权的基础。

---

❶ 霍布斯（Thomas Hobbes，1588—1679）英国哲学家。他强调哲学的目的在于认识自然，征服自然，"造福人类"。著有《利维坦》等。

另一个要提的是英国人洛克❶，他也深受法国和英国启蒙运动思想的影响。他认为人类有一种自然的状态，所有的人都在这种自然状态中生存，这种状态是不受人欺负，也不受人压迫，每一个人都有自我发展的机会，人不应当拿别人当作例外，也不能将自己当作例外——这种自然的状态，简言之，可以称作平等。平等的社会中，谁也不能比别人多一些什么或少一些什么。这种人类的共同天性，应当是自然律的一部分。依据这种观念，我们可以理解，为什么在当时出现的几个缔造新国家的大革命，都和上述霍布斯或洛克的理念相当地接近。更进一步讨论主张权力在民的孟德斯鸠❷和主张人民拥有权力的"社会契约论"的卢梭❸，则终于将抽象的人权观念，落实为国家权力来自人民的具体理论。

---

❶ 洛克（John Locke，1632—1704）　英国哲学家。他继承并发展了培根和霍布斯的思想，建立并论证了唯物主义经验论的"知识起源于感觉"的学说，反对"君权神授"，拥护君主立宪，提出分权说。著有《政府论》《人类理解论》等。

❷ 孟德斯鸠（Clarles de Secondat，baron de Montesquieu，1689—1755）　法国启蒙思想家、法学家。他批判封建专制与天主教会，提出三权分立的学说；主张开明的君主立宪制和信仰自由，要求宗教改革。著有《论法的精神》。

❸ 卢梭（Jean-Jacques Rousseau，1712—1778）　法国启蒙思想家、哲学家、教育学家、文学家。卢梭主张人生而自由、平等，以及社会契约说，1762 年因发表《社会契约论》遭迫害。著有《忏悔录》等。

从荷兰建国到法国大革命

17 世纪至 18 世纪，欧洲经历了四次重要的革命。第一次革命是 1568 年到 1609 年，欧洲西北角低地的七个省份从神圣罗马帝国分裂出来，建立了一个民主的荷兰——这个运动当然是延续三十年战争之后的一个续曲。荷兰地区，也就是所谓低地（Netherlands）地区，没有强大的封建领主，甚至没有很大的地主。这里的人们，因为临海的地理条件，大多居住在港口附近的城市，可说是城市资产阶级。他们的生活条件和神圣罗马帝国各地封建制度领地的农村很不一样。整个荷兰地区可以说就是一个城市，海外贸易是他们最主要的维生方式。在宗教革命期间，荷兰地区是新教的地盘，他们不愿意接受教廷的宗教权威，也不愿意接受所谓神圣罗马帝国哈布斯堡王朝的约束。他们认为，神权和天授的君权都不合理。因此，这七个小省份的人民，结合成一个民主的自由邦。这个最初并不引人注目的革命，却创造了欧洲对外开拓的新形势。

荷兰掌握对外贸易的契机，从区区一隅，以其长期累积的海上贸易的经验，加上荷兰国家与社会的共同支持，在很短的时间内就打败了西班牙和葡萄牙，成为纵横三大洋的贸易帝国。在北美——今天的纽约，他们建立了一个港口；在马来西亚尖端——今天的马六甲，他们也夺下了葡萄牙

17 世纪初，海上航行的荷兰小型船舶"小鸽子"号
在短期内荷兰就打败了西班牙和葡萄牙，成为纵横三大洋的贸易帝国。

建设的港口；在印度尼西亚的雅加达，荷兰人设立了东方贸易的主要根据地，管领了太平洋、印度洋，兼顾美洲、亚洲等地区的贸易；他们也从葡萄牙人手中夺取了对太平洋最边缘的日本长崎的控制权，建立了一个通商口岸（荷兰人在该地立足后，长崎成为西方文明输入日本的主要窗口）；荷兰人也曾经在中国台湾南部的安平建立据点（在那里，荷兰人设立了一个统治台湾当地部族的机制，实行了一定程度的民主）。荷属东印度公司和西印度公司拥有强大的武装商队，穿梭于东方和西方之间，也穿梭于大西洋两岸。在英国崛起前，荷兰的海上势力曾称雄一时。

荷兰的革命因为规模较小，并没有引起注意，而欧洲第二次革命则立刻引起世人的注意。经过近三十年的内战，英国产生了第一个民主政权。当时的英王詹姆斯一世，由于他个人的信仰倾向于回归天主教会，所以他推行的政策和亨利八世建立英国新教以后的政策十分不同。詹姆斯一世也和欧洲大陆上的封建领主们有密切的关系，甚至支持他们压制新教的活动。为了开展这些国际活动，英王政府不断地加税，因此引起了英国城市居民的集体反感。这些新兴城市的居民，很多是从地方乡绅转化为城市的市民，从海外贸易得到一定的利益。他们的经济利益和宗教立场都和英王不同。这些人参加英国国会之后，经常和国王有冲突，不止一次要求国王限制自己的权力。从市民要求国王尊重民权开始，终于演变为武装革命。

英国本来就有自己独特的民主传统。早在 13 世纪就有了《自由大宪章》(拉丁文 Magna Carta，英文 Great Charter)，其基本精神就是限制王权。通过《自由大宪章》要求限制英王权力的主要力量，是中世纪的地方领袖和乡绅。1628 年的权利请愿书，却是有城市背景的新中产阶级提出来的。他们规定英王不可以不通过议会而强迫人民缴税，也不可以依据英王自己发出的命令，任意地逮捕公民。1679 年的《人身保护法》规定：没有法庭的逮捕令，不许拘捕任何人，不得剥夺任何人的人身权和财产权。而 1689 年的《权利法案》，更是隐含着一个基本原则：人民选举的议会，其权力高于英王。

这一连串的法律，实际上都是在国会与英王的斗争中逐步出现的。议会武装部队的领袖克伦威尔，带领以城市中产阶级和农村小乡绅为主的武装力量，不仅击败了英王的部队，而且以议会的名义判处英王死刑（1649）。这是欧洲历史上，第一次用人民的权力判处君王死刑。克伦威尔自己成为没有王冠的英国领袖，他的权力在他死后，又回归议会。这一次革命，主要的意义就是以律法限制君主的权力，而其根本的理由就是"人民有自己的自由和自己的权利"——包括人身权和财产权，国家不能任意地剥夺人民的权利！

回顾前面所说的霍布斯、洛克的理想，我们还须加上孟德斯鸠的理论。孟德斯鸠认为拥有权力者终会被权力腐蚀，因此权力不能完全集中在君主身上，权力应该要分散，掌权者只有行使法律的权力，没有创造法律的权力。君主必须服从法律，这一说法当然是和中古的《自由大宪章》的精神一致的。

第三次革命，就是美国的独立革命。自从美洲发现以后，各处的欧洲人就纷纷移民到北美洲。英国居民最初建立的殖民地，是在南方的詹姆士镇❶。能够扎根在美洲的新英格兰❷地区的移民，则是"五月花"号带来的清教徒。所谓的"五月花精神"，规定了他们新家的民主政治形式。后来，马萨诸塞、康涅狄格等州的宪章，都是大致符合"五月花精神"的。

在18世纪初，北美洲有了十三个英国的属地，然后发

---

❶ **詹姆士镇**（Jamestown） 1607年，一批英国人来到美国弗吉尼亚州，建立了詹姆士镇，这是英国在北美洲建立的第一个海外定居点。从此，美国的历史开始了。

❷ **新英格兰**（New England） 美国最东北部地区，包括缅因、佛蒙特、新罕布什尔、马萨诸塞、罗得岛、康涅狄格6个州，这是英国在北美洲继詹姆士镇后的又一个早期殖民地区。

波士顿倾茶事件

由波士顿倾茶事件引发的茶叶党运动，成为美国争取独立的标志。图为波士顿人化装将茶叶搬出东印度公司的"达特茅斯"商船，倾倒入海。

生了著名的反印花税法事件❶和波士顿倾茶事件❷。在北美洲
的英国居民，宣称人生而具有权利，不认可英国王室收税
的权力。他们的口号是"没有代表权，就不纳税"。1776
年他们发表《独立宣言》，十三个州的居民宣告独立，不再
受英国治理。《独立宣言》列举英王侵犯人民权利的罪状；
高举自己的立场——人生来平等，每个人都有上帝赋予的
不可转让的权利，包括人身的生命权、自由权和追求幸福
的权利；人要保障这些权利，所以以民意成立政府；一个
政府经过人民的委托，才能取得合法的行政权；人民有权
利随时改变政府，也有权制定法律和修改不适当的法律。
这个著名的文件，是今日我们认为是美国建国先贤之一的
杰斐逊❸的杰作。

　　《独立宣言》里面的许多理念，实际上是来自卢梭的

---

❶ 反《印花税法》事件　1765 年 3 月，英国当局为了加强对北美殖民地
的压迫，颁布了《印花税法》。对此，北美人民进行了声势浩大的抵
制运动。1766 年 3 月，英国议会被迫废除了《印花税法》。反《印花
税法》的斗争是殖民地人民反英斗争的第一个高潮。

❷ 波士顿倾茶事件　亦称"波士顿茶党案"。波士顿居民反对英殖民当
局征收茶税及东印度公司垄断茶叶贸易，1773 年 12 月 16 日集会抗
议，数名居民潜入港内英船，将船上大量茶叶倾入海内，"波士顿茶
党"由此得名。事发后英和北美殖民地间的冲突扩大。

❸ 杰斐逊（Thomas Jefferson，1743—1826）　美国第三任总统
（1801—1809）。杰斐逊是美国独立战争期间的主要领导人之一，他拥
护天赋人权说，提出以革命反抗暴君，是《独立宣言》起草人之一。

《社会契约论》。卢梭在《社会契约论》中强调，人和人相处应当依据理性行事，也应尊重个人的自由选择权，以此订立一个合约，这个合约最后是以国家和国家议会的形式呈现，而执行管理权的政府只有在社会契约的委任之下，才能执行行政的职权。

我们必须注意，卢梭所说的"社会契约"并不是人民和国家的契约，而是一个群体之中的成员共同协商订立的合约。政府只是受人民委托执行行政的职权，以落实协议中的项目。这些约定的项目，一定要依据人人平等、人人自由，以及人的各种权利不受侵犯为基本原则。

美国在这个大革命之后建立，又在击败英军后，成立了合众国。不仅个人的权利在宪法上有特别的陈述，而且各个州的独立自主权也是合众国的基本精神的一部分。在人类历史上，美利坚合众国根据理念撰写宪法，以宪法为基础建立主权的政治制度，可以说是第一次大规模的实验——实践一个人类已经讨论了两百多年的理想。

第四次革命是法国大革命。法国是启蒙运动最主要的基地，我们可以举出一大堆名字，孟德斯鸠、卢梭、伏尔泰，都是提出近代精神的重要人物。启蒙时代的理想可以说是法国革命的基本精神，法国的国王路易十六，则是维护天主教政权的重要人物。当时的法国，在欧洲商业革命和海外贸易时，也已经有相当程度的改变，出现了新形态的社会和经济。城市中的市民，在过去封建制度下是没有地位的，现在也能提出自己的要求。法国君主曾经顺应新形势召开三级会议，第一级的代表是天主教的僧侣，第二级的代表是封建贵族，第三级的代表是平民。三级会议向路易十六提出权利陈情书。这个文件要求：确认人身的自由、安全；禁止国王下令逮捕公民；法院要根据法律公平执行，而且犯人有免费的辩护者；所有的财产，国王不得任意侵犯；商业活动、宗教活动、出版自由等，都必须被尊重；他们甚至提出社会福利国家的理想，要求国家提供基金济贫扶穷。三级会议催生了《人权宣言》❶。

　　1789 年的大革命，群众走上大街，攻破了巴士底监狱，逮捕了法国国王，而且处决了法国国王夫妇。法国大革命的《人权宣言》，开宗明义提出的是人权理论：人权是自然的、不可剥夺的、神圣的权利，若不知道人权或忽略人权，就是政府侵犯了公众的人权。在《人权宣言》之中，当然首先提出的是不得剥夺宗教自由，不得剥夺发表意见的自由，同时提出基本原则，那就是：任何主权受诸公民；任

---

❶《人权宣言》《人权与公民权宣言》的简称，是法国资产阶级革命的政治纲领，1789 年 8 月 26 日由制宪会议通过。主要规定：人生而平等，享有自由、财产、安全与反抗压迫的权利；私有财产神圣不可侵犯；主权属于国民，实行分权原则；公民在法律面前人人平等；承认法律不溯既往与无罪推定的原则等。

何团体包括政府，或任何个人包括君王，都不可行使公民没有授予的权力。

法国制定宪法，本来是走向君主立宪的。但是，从1789 年提出的《人权宣言》的基础上发展而来的 1791 年法国宪法规定：废除一切爵位，成立欧洲第一个共和国，全体公民都要纳税，没有人能逃避纳税的义务。同时，凡是公民也都有投票的权利，有选择自己政府和自己法律的权利。1791 年的宪法在欧洲影响很大，此后欧洲很多新兴的民主政权，都是仿照法国的宪法，撰写他们自己的宪法。

当然，众所周知，法国大革命也不是很平顺的过程。大革命的暴政，实际上是以民粹的群众暴力扭曲了宪法的理性。那一段时期的暴政，引起了人民对法国革命的疑惧，而最终导致拿破仑的称帝和后来短暂的路易十八复辟。法国政治从此反反复复，经过了五六次的修宪。1958 年第五共和国的宪法，中间不下于九次修宪。法国的民主政治发展，一直在颠簸的道路上进行。

以上四次大革命，尤其是荷兰和英国的革命，革命的直接参与者与支持革命的力量显然都是新兴的城市居民，凭借着商业主义和海外贸易获得的财力，接受了启蒙时代的理想，完成了改变政权的巨大使命。美国革命，如上所说，乃是人类历史上一次重要的实验，从一片空白开始，建立起一个前所未有的合众国。北美洲革命的支持者不仅是新

兴的城市居民，还有移民到新大陆的开拓者，他们在一块
新土地上开垦耕耘，发展商业。欧洲母国对他们鞭长莫及，
只能让北美洲自成局面。至于法国的革命，在许多方面与
前面的英国和荷兰革命有类似之处，但也有很大区别：巴
黎作为中心都市，其市民对革命和宪法的影响几乎是决定
性的，外省的力量基本起不了作用，这也为法国后世政治
的不安定埋下了种子。巴黎一动，全国跟着动——这也许
是法国单元中心结构酝酿出来的后果。

俄、德、日：从民族主义走向军事独裁

除了以上述四个国家为代表的民主国家，另外还有一
类是以民族主义为主轴的近代国家。其最主要的代表是俄
国、德国和日本。彼得大帝（1672—1725）在 17 世纪时，
就为了要提升俄国的国家地位，主动进行俄国的现代化改
革，学习西欧的工业、军事和文化，希望将俄国转变成东
欧的重要国家，在世界政治上也能占有举足轻重的地位。
彼得大帝的动机，是以俄罗斯精神建立一个新的国家——
俄国改革的基调乃是民族主义。俄罗斯是帝国体制，沙皇
还是有绝对的权力，他设立的议会，也不过是沙皇执行威
权的工具而已。彼得大帝最关注的，乃是发展企业和建立
新的海陆军。这个国家的权力结构乃是一元的。

身着荷兰造船匠装束的彼得大帝

彼得大帝在位期间力主学习西欧的工业、军事和文化。图为 1696
年至 1698 年间，彼得大帝在阿姆斯特丹一家造船厂当学徒时的肖
像，四个月后他被授予修船工的资格证。

第二个国家是在拿破仑战争中出现的普鲁士王国。普鲁士王国在打败拿破仑的过程中，扮演了重要的角色。因此，普鲁士王国改称德国（1871），有机会团结日耳曼民族，成为以日耳曼精神为号召的帝国。普鲁士在建国的时候，是号为开明专制的国家。俾斯麦❶建立的更是以军权为主的极权国家。德国的教育、文化，甚至学术发展都不亚于其邻邦法国和英国。它很快建立了新的军队，发展了新的企业，国力称雄一时。德国的社会有一批容克阶层的乡绅，虽然是日耳曼武士的后代，可此时已经变得文质彬彬，兼具文武两方面的特色。这些人是社会的中坚力量，并不完全向皇权屈服，也有自以为傲的文化传统。许多德国的学术界人物，都来自容克阶层，其特色颇像中国的士大夫。这一民间的基层力量，虽然不足以颠覆帝权，但也举足轻重。因此，德国并不如俄国那样一元，至少还有国家和社会的平衡。

第三个国家是日本。日本是在 19 世纪迅速崛起的近

---

❶ 俾斯麦（Otto von Bismarck，1815—1898）　普鲁士王国首相（1862—1890），德意志帝国宰相（1871—1890）。普鲁士首相兼外交大臣任内，他推行铁血政策，实行强权统治，有"铁血宰相"之称，先后发动丹麦战争、普奥战争和普法战争，完成德意志的统一。

代国家。明治维新期间（1868—1912），一些九州岛藩主❶的武士，以"尊王攘夷"为口号拥戴天皇，推翻了幕府的专政，大刀阔斧地进行改革，建立了近代的日本。在日本，天皇具有神圣不可侵犯的地位，在维新志士的心目中，"忠君爱国"乃是天经地义。维新后的日本，结合政权、军权与代表近代企业的财权三股力量，变为三合一的权力结构。日本维新以后，曾拥有一批接受西方教育，也承继了中国儒家思想的读书人。这批新的知识分子对民主政治有一定的了解，也有一定的信念。他们在明治维新以后，曾经努力要把日本带上民主国家的道路，但终于在1931年，被军人团体的权力压倒。

俄国、德国、日本，都是以民族主义和振兴皇权两个口号建立的近代国家。所以，他们都很难真正走向民主政治。俄国知识分子和政权的对抗乃是知识分子接受西方文化以后的文化异化，知识分子的文化异化使他们脱离了俄国文化传统，也因此没有了基层力量的支持。俄国政权压倒了民间的社会力量，尤其压倒了秉持良知的知识分子，这一传统，以后并没有发生改变。

---

❶ 藩主　日本江户时代拥有一万石以上的封建大领主均称作藩主。藩，是当时日本儒学者引用中国的制度为标准所制定的封建体制，这个体制直到1871年废藩置县才被取消。

　　德国的日耳曼精神，也以国家民族的光荣为前提，军权独大，知识分子想要平衡军权而无能为力。第一次世界大战以后，《魏玛宪法》是一部好宪法，反映了德国知识分子所主张的理想政治。但是，正是经由《魏玛宪法》的法律程序，希特勒才得以合法地夺取政权，建立了专制独裁的德国。日本亦复如此，1931年，日本知识分子有心而无力，被军人以武力压制。日本走上军国主义的道路，终于惹出滔天大祸，侵略东亚邻国，自己也遭受了原子弹轰炸和几乎亡国的灾难。

　　这三个民族国家，都走上军国主义的道路，就是因为在他们国内没有足以平衡一元政权的社会力量。回顾前面我们所讲的英国、法国，他们于建国的过程中，始终不断地在维护民权方面着力，因为民权就是人权，为了维护人权，他们尽可能约束君权，进而完全排除君权。在新建立的制度下，英国一直坚持法律的独立，法律可以制衡行政权；内阁制也是一元，可是议会的力量强于政府。美国更是注意到三权制度的结构，设立了立法、司法、行政三权鼎立的制度。美国不仅将政权本身分成三个部分，而且还有中央权和地方权的平衡——这些设置都是为了要以各种平行的权力互相制衡，使政权代表的国家力量不能压制人民构成的社会，也不能侵犯每个公民的权利。

　　总的来说，从荷兰革命到近代几个大国的出现都可以

表明，近代国家的特色，是国家和社会的紧密结合。有了
新的社会和经济，才能支撑起美国、英国、法国这些新国
家。如果没有足够强大的文化和社会精英，社会力量无法
凝聚，加上民族主义的虚骄之气，就会出现俄国、德国、
日本那样的军国主义——国家永远比社会强大。国家高举
民族尊严、文化精神的旗号，国民虽然有凝聚力量的焦点，
但那种凝聚力是有情感取向的，无数国民一定是心甘情愿
地支持国家、支持政权，即使牺牲自己也无怨无悔，然而
这么做反而更会摧残社会力量。近代文明的顶梁柱之一是
近代的国家，然而，不幸的是，以维护人权为主调的民主
国家，却也可能为了发展必要的经济条件，寻求掌握必要
的资源而走向专制；以民族精神号召的民族国家，遂可以
用民族情感鼓舞群众，发展为军国主义。国家机构具有强
大的权威，社会力量就无法平衡这一强大的权威。建设国
家和维持安全的口号，因此常常成为掌权执政者用来压制
人权的借口。

第九章

欧洲近代国家的殖民和掠夺

第八章我们谈到近代国家的出现，这是一个新型的国家形态，国民与国家的关系非常密切。国民经过民主政治参与国家的事务，或者以对民族的认同而归属于一个民族国家，两者都使国民与国家的关系，和过去君主政治之下君主与人民对立的关系完全不一样。如前文所说，近代国家的出现和重商主义以后城市市民阶层有密切的关系。因此，欧洲的近代国家自建立开始，国家的力量就用于支持国民追逐利润的行为。商业活动自古有之，可是，以全国之力追逐利润，是近代欧洲国家才出现的特殊现象。

美洲殖民与黑奴贸易是资本主义发展的主因

举国追逐利润这个特色，使得欧洲这几个主要国家，尽其国力所能支持国民，不仅帮助他们取得资本，也为他们创造了获取利润的条件。欧洲第一次能够取得巨额的资本，当然是由于欧洲人开拓了新航道，又发现了美洲新大陆。远洋贸易，固然有丰厚的利润，但是也需要大量的资本，单单依靠东方和西方的远洋贸易，欧洲未必能迅速致富。事实上，在发展远洋贸易的过程之中，他们还利用了海上力量的优势：巨大的船只可以载运大量的商品，用风帆和罗盘才能够乘风破浪、把握方向；东方的火药，被欧洲人转化为枪炮。优越的航行技术和热兵器的威力，终于使得欧洲人能够在远洋航行与开发新土地的过程中，开展殖民活动。

单单以发现美洲新大陆以后，西班牙、葡萄牙掠夺的美洲黄金和白银来说，就是人类历史上前所未见的一笔巨大资金。有了这笔资金，欧洲才可以从事东、西方的远洋贸易。同时，新土地上的农作物，增加了欧洲的农产品供应量。例如，土豆和玉米使欧洲的粮食供给从此不至于匮乏；新发现的经济作物，如烟叶、咖啡、可可、甘蔗，这些都成为欧洲能够生产的商品，也是其从事商品贸易获取巨利的原料。

更有一桩非常不人道的交易，就是奴隶的买卖。最主要的奴隶来源地是非洲——在古代，地中海南岸的北非，常是白种人掠夺奴隶的地方；而非洲大陆之内，部落与部落之间斗争过后，也常将俘虏贩卖作为奴隶。但有计划地掠夺人口，运到他方贩卖为奴，却是新大陆发现以后出现的一个特殊情况。我有一个同事，几十年来都在研究大西洋两岸的贩奴贸易。这种不人道的人口贩卖，不止一个国家在进行。通常的形态是，非洲部落互相掠夺人口，驱赶到大西洋岸边，由葡萄牙人、法国人、英国人或西班牙人运送到美洲。在西班牙和葡萄牙最初开发美洲时，这些奴隶就直接用在他们的官方农场上。英国、法国占有美洲的大部分地区之后，美洲就有了公开的奴隶市场，把人当作牲口一样喊价、买卖。这些奴隶贸易的资本，常常是犹太商人提供的，而在美洲土地上的奴隶市场，则是英国、法国的商人主办的。运送奴隶的船只，各个国家——英、法、西、葡都有。运送过程中，奴隶的死亡比例是惊人的：从非洲运到美洲，一艘船上两三百个黑人，等上岸的时候大概只有一半可以出卖，另外一半则已经死亡。人类历史上，从来未见过如此大规模的不人道行为，而且延续如此之久，到美国内战以后，贩奴的行为才停止。

这些无偿的黑人劳工，在新的土地上为主人开拓、耕种、服务。这一大批财富，毫无疑问成为欧洲和美洲白人作为发展资本主义的资本。不仅非洲黑人有如此悲惨的遭遇，东南亚的海岛居民和中国华南的劳工，也一样被运送到不同的地方，如澳大利亚、印度尼西亚，投入庄园的工作，投入生产蔗糖和制造橡胶的工作。三百年来，白人以

美国弗吉尼亚州里士满的黑奴贩卖市场
英国、法国占有美洲的大部分地区之后，美洲就有了公开的奴隶市场。

武力掠夺了其他地方的人力和土地资源，累积了巨量的财富，这才是资本主义能够发展的主要原因。

一直到最近，历史学家们（尤其是西方历史学家们）常常说，欧洲的兴起是有特殊条件的，例如，新教的伦理，社会达尔文主义理论中所说的白人优越性等。这一欧洲特殊论和欧洲中心论，都故意地忽视了巨大财富累积作为资本主义发展的本钱：以不人道的方式获得无偿的劳力，在本来不是他们的土地上，生产和聚集财富。资本主义的发展确实具有独特性，而这独特性不能说是源于种族的优越，也不能说是源于文化的若干特点，更不能理所当然地认为只有白种人可以成功地发展资本主义。

欧洲近代国家在世界各地的殖民活动

于是，我们不得不说到这一时期欧洲的殖民活动。近代欧洲第一批的殖民活动不仅是在美洲，也在其他地区同步进行。从15世纪欧洲发现新大陆以后，欧洲人迅速地在美洲扩张。葡萄牙人、西班牙人占领的是中美和南美。葡萄牙人主要是在巴西发展，掳掠的地区几乎就是现在西班牙语系的土地。西班牙的天主教会负有开拓各地的任务——除了传教以外，这些差会也拥有大量的奴工，经营和开拓教会拥有的庄园。西班牙的贵族，理所当然地在美洲大陆上分疆裂土，各自开拓土地。在北美洲方面，西班牙人曾经拥有美洲西岸，即今天的加利福尼亚州一带，还有墨西哥湾和太平洋沿岸。西班牙帝国在美洲的部分，远比西班牙本国更大、更富有。葡萄牙人占领的巴西也比本国更大、更富庶。拉丁语系的语言，到今天还是美洲土著人后裔的主要语言。

法国人在美洲的殖民活动也开始得很早，从发现纽芬兰开始，就在美洲的北部活动。他们扩张所及，包括今天加拿大东半边的大部分，和今天密西西比河中游以下美国南方的土地。

英国人从新英格兰开始，向内地扩张，另外一个基地，则是今天的南卡罗来纳州。在这两块土地上（新英格兰各州和南方各州，是后来宣告独立的十三个州）英法不断交战，争夺北美的土地。到18世纪后半叶，英国取得了我现在居住的匹兹堡以后，切断了法国南北殖民地的交通路线。于是，法国败于英国，英国取得法国的大量殖民地。然后，英语系的力量，在美国立国以后，又逐渐取得美国今天西部的土地，也在加拿大的中部和西部迅速扩张，使今天加拿大大部分地区都以英语系民族为主。

在非洲，拿破仑战争以后，法国实际上拥有整个北非。拿破仑领军征服埃及，就是有计划的殖民活动。19世纪初期，法国取得了今天非洲西北部，差不多非洲三分之一的地方；英国取得了非洲东部和南部；中央的地方则是由德国、比利时分别据有——凡此都是赤裸裸的武力征服，当地土著建立的国家，一个按一个都被白人灭亡。

在中东地区，法国曾经据有地中海东岸的沿边，但也逐渐被英国蚕食。英国、德国分别努力，瓦解了奥斯曼帝国❶。德国的目的，是要建筑铁路通过奥斯曼帝国直达东方；英国的目的，则是掌握在红海和波斯湾的两个海域的出海口。著名的英国人劳伦斯，煽动阿拉伯人的民族主义和宗教热忱，帮助他们纷纷反叛奥斯曼帝国。英国在旧日奥斯曼各地建立傀儡政权，到今天中东还是世界的乱源。

在东方，东印度公司瓦解了印度次大陆上的莫卧儿帝国。莫卧儿帝国的许多封建领主，在遭受了东印度公司的巧取豪夺之后，无奈地将自己的领地交由东印度公司"代管"。后来东印度公司解散，英国女王就成为印度的皇帝。英国人也在中国的外围取得缅甸、新加坡、马来半岛，这些地方都变成英国的领土。1840年英国发动鸦片战争，1841年英国侵占了香港。发动鸦片战争，就是因为英国要在中国以鸦片换取中国的资源。他们以白银购买中国的丝绸和瓷器，花费了大量的本钱。他们发现鸦片可以作为麻醉剂

❶ **奥斯曼帝国** 奥斯曼土耳其人建立的军事封建帝国。19世纪初，境内民族解放运动兴起，巴尔干半岛诸国先后独立；第一次世界大战中，参加同盟国方面作战失败，战后又遭列强宰割；1922年，末代苏丹被废黜，帝国告终。

之后，大量地运送从印度出产的鸦片，在中国获取巨利。鸦片进口，使得中国本来顺差的国际贸易转变为逆差。鸦片战争中国失败，英国取得香港并使之成为对中国贸易的重要据点。英国逐渐通过不平等条约，从中国取得内地航行和经商的"特权"。到了19世纪，英国号为"日不落帝国"，世界土地的五分之一是在英国的米字旗之下。

法国在远东取得中南半岛，包括越南、老挝和柬埔寨等地。俄国的发展是在北方，哥萨克❶的骑兵部队从顿河❷流域向南扩张，据有黑海、里海地区的西亚。俄国的殖民活动，沿着今天西伯利亚向东方发展。哥萨克部队以其火器，征服了这一广大地区的原住民部落，长驱到达太平洋边。在那里，俄国和康熙王朝的中国，有过一次对决，俄国兵锋稍歇，不能再往南进一步扩展。但是，在北面，他们据有库页岛，也经过白令海峡取得阿拉斯加。

根据上面的叙述，我们可以看出，全世界除了中国和日本以外，几乎都变成白人的殖民地了。然而，在中国的土地上，欧洲人利用不平等条约取得许多特权。日本是亚洲

---

❶ **哥萨克**　生活在东欧大草原（乌克兰、俄罗斯南部）的游牧社群，在历史上以骁勇善战和精湛的骑术著称，是支撑俄罗斯帝国于17世纪往东扩张的主要力量。

❷ **顿河**　俄罗斯境内历史上有名的河流，源起中俄罗斯高地东麓，曲折东南流，折向西南，注入亚速海，长1870千米。

唯一没有被白人侵入的国家，而且，日本模仿欧洲殖民主义，在甲午战争之前已经占有琉球。日本也在朝鲜半岛和中国竞争，甲午战争以后又侵占了台湾。于是，日本在自己的土地以外，侵占朝鲜半岛、台湾、琉球，以及半个库页岛。日本俨然成为东方的殖民帝国，从此也顺着资本主义的潮流，发展自己的资本主义经济。

美国也并没有在殖民主义的餐桌上缺席。美国用武力取得了西班牙人曾经据有的美洲西岸，也用金钱购买了法国控制的密西西比河南部的领土，还向俄国购买了阿拉斯加。在太平洋方面，美国以欺骗的手段取得了夏威夷，也用武力取得了西班牙曾经拥有的菲律宾。在与中国的贸易方面，美国向中国购买茶叶、丝绸和瓷器；他们也贩卖英国出产的鸦片，取得利润以支付货款。

资本主义的经济发展，当然还需要有工业革命相配合。初期的资本主义，基本上是用无偿的劳力或贱价的劳力取得殖民地的原料；工业革命以后，资本主义国家取得原料，用机器生产廉价的商品运送到殖民地的市场，再一次剥夺殖民地人民的财富。这种滚雪球的办法，使得欧洲在经济上具有完全的优势地位。除了日本分占一杯羹以外，全世界的财富都归欧洲白人所有。后面我们将叙述的工业革命，如果没有殖民主义的开疆辟土以及掠夺人口，也不可能有如此顺畅的发展。

第十章

工业革命的动力及其对资源的侵占

18世纪，欧洲列强已经在海外获取了大量的土地和商业利益，尤其是英国，靠着海外的发展一跃成为列强之首。英国城市中的市民都分沾了国家发展的利益，他们收入丰沛，生活要求也就跟着提高。当时的手工作坊和农村的农舍手工业生产，都不足以应付这新兴市民阶层的生活需求。于是，第一拨出现的工业化生产是纺织业中羊毛和棉花的大量生产，它为服装提供了原料。工业革命从纺织业开始，于1773年进入飞速发展时期，三十年后发生重大改变。"珍尼"纺纱机这一系列的发展，到了18世纪后半叶，基本上已经能够满足现代纺织业的需求。过去，一个工人或几个工人操作一架织布机，到了19世纪初，一个工人可以同时操作五六台相当自动化的织布机，生产量当然增加了，纺织品的价格也便宜了，一般的市民都能衣着光鲜，不亚于贵族。

蒸汽机与电力的发展引发工业革命

和机器生产同步进行的，应当是动力的发展。蒸汽机的原型，实际上在 17 世纪的晚期就已经出现了。18 世纪中期，瓦特发明的蒸汽机，才是划时代的里程碑。用热力加温，使蒸汽可以冲击活塞上下或左右移动，就拉动了轮子。这种蒸汽机能用于工厂，也能用于交通，可说是工业革命中开发的重要力量。在人类的发展史上，自古使用的劳力当然是人力和畜力。水力也可以是动力源，比如水磨、水钻、水碓或者抽水机。但是，以瓦特蒸汽机的方式，可以将热能转化成动力，既可以用于定点，也可以用于活动的车辆。

这一发展，乃是工业革命史上跨时代的事件。相应而起的是，在机器生产方面，过去木制的机器经不起摩擦和快速转动，必须转用以钢铁作为材料的机器。铁和碳合起来正好是一种新的钢材，成本不高，而且又是很好的材料。烧制碳的过程，又可以产生煤气作为燃料。这种蒸汽鼓风炉，加上瓦特蒸汽机的诞生，乃是机器生产的重要部分。这一基础上，接着就是机械工业的迅速发展。从 18 世纪晚期瓦特发明蒸汽机以后，不到二十年，铸造钢铁、翻制机器的工作，已经成为非常普遍的生产事业。

电力的使用，又是一大进展。18 世纪晚期，开始火力发电和水力发电。19 世纪初期，使用电力已经是家常事。

19 世纪以瓦特的蒸汽机为动力的机械

蒸汽机的发明，导致了欧洲机械工业的大发展。

19 世纪法拉第❶又创造了新型的发电机。到了 19 世纪中叶，石油开始成为能源，紧接着就是佩斯麦炼钢法的出现，钢铁的质量由此大为提升。内燃机的出现，又将蒸汽机的功能大为改善。19 世纪下半叶，爱迪生发明了电灯，也改良了过去发电机的功能。从此，配电网络可以将电力输送到各处，电气遂成为家用的能源，各种电器应运而生。

内燃机、电力、柴油等项目的发展，又使得交通工具出现极大的改进。18 世纪晚期，蒸汽火车已经普遍使用。19 世纪的时候，火车头加上长长的列车，已经是运输的主要方式。当然，铺设火车行驶轨道的观念，是由当年开矿的经验转化过来的。1863 年，"汽车大王"福特降生，从此，汽车行业驶上光明大道。最早的汽车在欧洲和美国都各有发明，但是，福特在底特律生产的汽车，却奠定了后来汽车工业的基本形式。水运方面，轮船使用了内燃机和柴油以后，不仅大大提升了装载量，也能够快速、安全地将货物运送到各处——从 1788 年开始起步的轮船，不到二十年，就普遍用于远洋航行。在 19 世纪中叶，英国国内已有不少于六千英里长的铁道网，也有上千艘的轮船在外洋近

---

❶ 法拉第（Michael Faraday，1791—1867） 英国物理学家、化学家。他于 1831 年发现电磁感应现象，从而确定了电磁感应的基本定律，为现代电工学奠定了基础。

海航行。不仅英国如此，地大物博的美国，也很快地达到工业化的水平。同样，法国、英国也进入快速的工业化阶段，拥有现代的炼钢业、矿业、纺织业以及后来的电力设施——轮船、汽车、火车等。到了 19 世纪中叶，欧洲国家以及他们的殖民地，都已经笼罩在工业革命的大网之下。

金融机制和《国富论》是工业革命的重要动力

工业革命能够逐步实现，不仅是因为生活上的需求，也因为有前一章所说的资本主义发展的条件。我们已经说过，早在远洋航行刚刚起步的时候，商人们就发展了几个重要的金融机制：银行、汇兑和融资可以聚集大量的资本，而且可以很容易调动资金；保险能分担风险，使损失降到最低；更重要的是股份制公司的出现，如第九章所说，英国的东印度公司是王家赞助的，但是聚集资本的方式，却是通过英国一般的中产阶级购买股票，集腋成裘，将这许多分散的资金经过股份公司聚集，成为庞大的金融力量——这些制度，终于将各国的货币，从金本位、银本位转化成国家或私有银行发行的货币。货币本身其实不外乎是一个信用状，持有一张钞票，就等于持有这一张钞票价值的信用，用来代替交换商品的价值。使用货币，资金的转移和汇兑就非常方便。这些金融制度合在一起，乃是促进工业化的重要动力——建立一个新式的工厂，既要掌握原料来源，又要掌握销售市场，其中投资于机器厂房以及能源的资本，数量非常庞大，又必须有持久不断的资本作为后盾。近代式的工业，就不是过去作坊生产所需求的资金可以相提并论的。

大家通常拿亚当·斯密❶的《国富论》当作资本主义市场兴起的理论依据。从他的书名就可以看出，资本主义和国家组织是不能分割的。正如第九章所说，资本主义是和近代国家同步出现的。《国富论》基本的经济理论，是供求双方的相对关系：产品多于需求，产品的价格就低落；需求过于产量，产品的价格就升高。从这一个理论，我们也可理解，为什么那些资本主义列强，必须不断地扩张自己的势力范围，一方面争夺资源，一方面争夺市场。只有经过不断扩张，才能保证国家财富不断增加，既然国家的成员是国家的一部分，国家财富的增加，也就意味着人民生活水平的提升。因此，亚当·斯密的《国富论》，给资本主义列强提供了不断征服、不断扩张的理论依据。

---

❶ **亚当·斯密**（Adam Smith，1723—1790） 英国古典政治经济学体系的建立者。1776 年发表其代表作《国富论》，从人类利己心出发，以经济自由为中心思想，以国民财富为研究对象，第一次系统地论述了政治经济学的主要内容。

工业革命后劳动者的生活处于不利地位

相对而言，工业革命以后，劳动者的生活和早期作坊生产的劳工生活完全不一样。作坊生产的时代，工人的生产能力取决于其个人的技能。个别工人的技术水平，决定了他的产品的优劣，也决定了产品的价格。个别的工人，有足够的动机不断改进自己的技术，以生产出更好的产品。生产者在生产过程中不断自我提升，有足够的主动性和主体性。以机械生产为主的近代工业，产品必须标准化才能大量生产，工人不能改变机器而只能服从机器的运作。于是，劳动者在生产过程之中几乎没有自己的主体性，纯粹变成生产过程中机器的附属。美国的汽车生产，开拓了装配线的大量生产——将生产程序割裂为许多步骤，每一步骤只是简单的工作，在一条装配线上，许多工序陆续进行，最终汇总为完整的产品。在这一连串的工序中，个体的工人完全没有自主性，也不需要原创性。

工人居住在工厂附近，不再有自己的作坊。他们的地位，其实就和农庄的农奴相差不远。工业革命开始以后，从18世纪到19世纪，工人有固定的工资，不必担忧农作物的丰歉，也不必担心有限的产品市场不断变化。然而，为了赚取固定的工资，他们在和工厂主之间的关系中处于完全不利的地位。工厂主必须压低工资，才能提高利润。一般市场上的消费者，也盼望产品价格低廉，才能普遍地使用新的产品。这些条件，服从于亚当·斯密的"国富论"——生产者在生产链上，居于最没有自卫能力、最弱势的一环。

工业生产的能源和材料以煤和铁为最大宗，燃烧生煤取得的动力乃是 18 世纪到 20 世纪初最主要的能源。生煤的燃烧，使得工厂附近的环境整天笼罩于黑雾之下。工厂主可以居住在空气新鲜的其他地方，而工人必须拥挤地居住在空气恶劣的厂区附近。于是，工人的健康状况恶化，死亡率也相应地提高。

工业化国家在全世界争夺资源

这些工业化的国家，不断争夺煤铁资源。他们努力开采自己手上的煤矿和铁矿，在一些两国交界不太明确的地区，就因为要不断争夺矿产而爆发战争。比如，普鲁士和法国在一百年内不断地争夺萨尔和鲁尔，这是两个拥有丰富矿藏的地方。双方来来回回，战争不断。同样地，为了争夺非洲的矿产，德国、比利时这些国家也在非洲极力扩张自己的地盘。比较晚近的现象，则是争夺石油——中东是石油最丰富的地区，于是，欧洲列强都要在中东尽力取得石油产地的控制权。用中国的成语说，"匹夫无罪，怀璧其罪"，中东不幸拥有丰富的石油矿藏，因而惹来一百多年无休止的战争与动乱。

　　美国因为地大物博，不需在外面争夺资源。比如说，宾州地下的煤矿，是美国早期工业化的能源所在。宾州的煤矿加上内陆的铁矿，使美国有足够的本钱推动自己的工业化。然而，美国必须有市场才能不断地提升他们的产量，获取更多的利润。19世纪末20世纪初，美国快速地完成工业化，其实力之强足以抗衡欧洲列强。如果没有工业革命和后来快速的工业化，新兴的美国不容易在国际竞争之中脱颖而出。美国的工业化，当然也吸收了大量的欧洲移民。如果只是依靠其土地资源，美国未必能吸引这么多的劳动力。这些欧洲的穷苦百姓，远洋跋涉来到新的土地，正是因为美国有了快速的工业化，工厂需求劳工甚急，许多没有本钱的工人或丧失土地的农夫，才一批一批跨洋进入美国，在这里落地生根，使美国成为一个多民族的熔炉。

　　工业革命以及由此引发的近代工业化，是人类发展史上很重要的里程碑。在此以前，人类的生活是和自然环境互动相应的。但是，工业化以后，人和自然的互依互融不仅脱钩，开始各行其是，而且人类大量毁伤了自然环境。城市里的生活是完全人造的环境，是不顾自然条件创造的一个新居住环境。矿产、水源和植物，都因为工业化而转变为生产的原料，空气也因为种种能源的使用而受到严重

1904 年，美国圣路易斯世界博览会会场内的铁路运输

19 世纪末 20 世纪初，美国迅速完成工业化，其实力足以抗衡欧洲列强。

污染。 为了水力发电而建造的水坝，也更改了河水流动的
方向和流量。 综合讲起来，城市中人类创造的新环境越来
越舒服，但与此同时，也因为人类夺取了巨量的自然资源，
使得生活的环境蒙受了不可逆转的损坏。

工业革命当然也影响到社会的工艺，劳工阶层和工厂
主之间的经济地位和生活水平的差距越来越大。 工业革命
也造成了列强和世界上其他国家之间国家实力的巨大落差。
以白人为主的工业国家，不仅依靠武装力量控制世界，而
且，大量的生产改变了世界上国家与国家、地区与地区之
间的相对关系。

第十一章

工业革命引发的人类文明发展新方向

如同第十章所说，18 世纪启动的工业革命，配合着资本主义经济提供的资金，使得欧洲几个主要的国家在经济上快速地实现转型。我们已经提过一些工业化之后的后果，例如，工人的待遇很差。我们更需要提起的是，转型期间，以农业生产和城市作坊为主的经济都必须大加调整，作坊的工人以及坐贾行商的商业行为，都面临危机。于是，大量手工艺工人失去了职业，小商人和提供商品的农舍工业，也都不再有生存的余地。

工业化的巨大冲击引发了人文关怀

从 18 世纪下半叶到 19 世纪，工业化的进展非常迅速。新的能源——如上次所说，从煤到水力，到电力，到石油——其种类一步步地增加；生产的原料也越来越多样化，化学工业的出现，更使本来意想不到的材料转化为可用的产品。

所有的这些现象，使大工厂周围的地域发展为城市，工人集中居住在城市里或城市附近。农村青壮年劳力都流向城市。欧洲的农村生产力不够，各国必须进一步掠夺其殖民地的劳力，来供应本国的需求。

资本主义工业化的快速发展，使得经济体越来越大，生活水平也越来越高，物价也更加高。这一次物价革命，其冲击力不亚于16世纪白人刚刚从美洲运回大量白银的情况，而且这一冲击是全球性的，这是因为，欧洲人所占领的殖民地及国家，都必须承受同样的后果。以中国而论，16世纪以后，中国曾经有三百年的贸易顺差，也是拜从新大陆取得的白银所赐。19世纪到20世纪的工业革命不仅是全球性的，而且影响深远，欧洲承受的压力尤其巨大。工业化的国家，应该劳力不足，却出现许多贫而无告、没有收入的穷人。这些无以为生的贫民，有一部分就移往美洲和澳大利亚这些新发现的殖民地，可是大量的穷人却只能在都市贫民窟中挣扎。贫富悬殊的现象极为严重：掌握资金的人，以钱生钱，成为亿万富翁，而很多穷苦百姓却是举债度日，甚至到了无债可举的地步。

这些社会现象，引发了有识之士的特别关注。在这个时期，有些人拿这些社会问题当作必须研讨的社会现象，社会学就在这时候出现了。法国的孔德、涂尔干都因这些危机而发展出对社会问题的研究——他们既提出社会问题的严重性，也提出怎么解决这些问题。这是学术界的关怀。就人类知识领域而言，以前从来没有过所谓社会学、经济学这些学科分类，直到 19 世纪以后，它们才成为跟人文科学平行的学术领域。

同样值得注意的是文化的演变方面。因为工业革命和资本主义的发展，有钱人和一些中等阶层的人生活条件丰裕，生活的品位发展为豪奢与浮华。在文化课题上，也引发了一个重要的现象，那就是出现了许多关心文化问题的人物。比如说俄国的索罗金❶，他开始将人类的文化演变划分为几个阶段，指出从理想到理性，以至于到感官，日渐趋向庸俗和浮华的过程。更多的人，我们可以拿斯宾格勒❷的历史观点为例，他指出：历史变化有青年期、成长期和

---

❶ 索罗金（Pitirim A. Sorokin，1889—1968） 美籍俄裔著名社会学家，又译素罗金，主张社会发展多因素论。

❷ 斯宾格勒（Oswald Spengler，1880—1936） 德国著名哲学家。他把文化的发展分为前文化、文化和文明三个阶段。前文化时期相当于原始社会，文化阶段是人类文化的青春期，文明阶段的特征是世界城市的完成，金钱统治代替了此前一切形式的统治。著有《西方的没落》。

衰退期，颇像佛家所说的"生、老、病、死"的过程。吉本讨论罗马的衰亡，也是以长程的历史演变来讨论文化的兴衰及其和经济发展的关系。在 19 世纪到 20 世纪中叶，以欧洲为主的近代文化已经出现这么多反省和自觉。其他地区的人也感觉到了冲击，比如说，俄国托尔斯泰的人道主义精神，也就是因为眼看着经济发展之后有了如此严重的贫富悬殊，社会已经分裂，他才提出回归朴素、公平而不浪费的简单社会。中国的有识之士，比如梁启超先生，在《欧游心影录》中特别指出，欧洲正在迅速转变。这些对于人类目前境况的关怀和对未来的考虑，在第一次世界大战时更加深入，人人都觉得是不是我们的历史已经走到了尽头。

社会进化论与生物进化论之关系

　　回到经济问题上来说，就有一批人心存忧虑，他们为此设想出一个理想的新世界。过去，托马斯·莫尔❶曾经悬

---

❶ 托马斯·莫尔（Thomas More, 1478—1535）　英国最主要的早期人文主义者，吸收了柏拉图的思想，其著作《乌托邦》体现了空想社会主义的社会政治理想。

想过一个理想的乌托邦。圣西门❶这一类人道主义者设想的乌托邦，是一个没有剥削、没有争夺、人和人平等相处的新世界。马克思等人把圣西门这一类的想法称为"空想的社会主义"，实际上，我们应该说"理想社会新世界主义"。这些人确实是提出了一个美好的新世界，但是并没有告诉我们，该如何走向那个新世界。

马克思在19世纪中期提出"资本论"，他和恩格斯从共产世界的设想出发，提出了革命的理论。马克思理论产生时，"社会进化论"正盛行。所谓"社会进化论"，是从达尔文生物进化论衍生出来的一个历史观点。不过，社会进化论的产生是基于对生物进化论的误解。生物进化论中有一个观点：用中文翻译是"物竞天择，适者生存"。生物进化论指出的是生物对环境的适应，和长期地随着环境的变化逐渐改变基因，并不是指革命。然而，社会进化论却替竞争的胜利者辩护——失败者被淘汰，是因为不能适应。这类"适者生存"的想法，到今天我们还能看见。在美国还有许多所谓自由主义者，以为竞争是完全自由的，而失败者是因为自己的能力不够才导致失败。

马克思、恩格斯认为：人类社会是一个不断进化的过

---

❶ 圣西门（Saint Simon，1760—1825）法国空想社会主义者，主张公平分配，机会平等。

严复《天演论》手稿

严复翻译了达尔文进化论最杰出的代表者赫胥黎的《进化与伦理》前两章，编写为《天演论》，其中"物竞天择，适者生存"这一名句深入人心。

程，从原始社会到奴隶社会，从封建社会到资本主义社会，
经过社会主义过渡到共产主义，这是一个阶段性的演化。
他们把西欧的经验当作世界性的普遍真理：过去的演化是
必然出现的发展过程，未来的革命也必将遵循历史演变的
铁律，一切都是历史必然出现的现象。他不再将上帝的神
律来当作人类演化的规律，而将历史发展的规律来当作人
类演化的必定过程。马克思的这套革命理论，经过列宁的
再解释，后来引发了俄罗斯 1917 年的革命。吊诡的是，俄
国是当时欧洲工业最不发达的国家，如何竟跳跃资本主义
发达的阶段，一步就走到共产主义的革命？

社会福利国家的形成

马克思时代提出的共产主义的理想社会，是居左翼的
极端。这一极端和另一极端之间，还有许多的社会福利国
家的不同模式。最右翼的一部分，也有另一方式的社会福
利模式。比如说，新统一的德国继承过去君主对子民的责
任观念，制定养老和救穷的法律。这类养老法、救穷法，
其实在许多中古时期的领主国家里面一样出现过（而在中
国，不管是公家还是私家，都有养老济穷的理想，也有相
当程度的实现）。这是社会福利观念光谱最右边的"牧民"
思想。

　　至于光谱偏向中间的，例如英国就出现一些以议会政治为特征的社会福利观念。英国是工业化发展最早也最快的国家，他们的贫民因负债而入狱。"新门"监狱的监犯，被大批流放到澳大利亚、新西兰这些新开发的殖民地。这些穷人，在当地组织了英属的殖民社会，根据自己的痛苦经验，他们创建了社会福利的设施，时间可能比母国还早。英国国会也提出了"救贫养老"的方案，逐步将社会福利的条款纳入法律。最值得注意的，当然是韦伯夫妇创立的"费边社"❶。从19世纪与20世纪之交开始，直到第一次世界大战前后，费边社长期都是非常活跃的政治团体。他们终于把替工人要求合理待遇的工会组织，转化成政治力量。工党终于代替了自由党，成为英国两大政党之一。英国人一步一步通过议会政治的途径，没有采用暴力革命，而是经由立法创设了许多社会福利条款。

　　在北欧，一些民主发展比较彻底的国家，也在这个时候遵循国会立法，发展了比英国制度更彻底、更宏大广阔的社会福利制度。到今天，北欧各国已是世界上福利做得

---

❶ 费边社　英国社会改良主义团体，1884年成立于伦敦，主要领导人是韦伯夫妇和萧伯纳。费边社贯穿着期望通过社会各阶层的平等而至自由，由实践平等和自由的理念达至社会合作和互爱的人际关系的理念，这是英国工人群众对福利国家制度最早、最直接的要求。

最好的国家。

我们不能忘记，在这个过程之中，劳工运动也是很重要的一股力量。那些领取工资的劳工，在工业化的初期只有听任工厂主宰割和剥削——工时长，工作条件差，童工、女工以微薄的薪资从事过重的劳动。这些不人道的行为，当然引发了工人的反抗。基督教，尤其是新教国家里面的教会，只要是有良心的教派，通常会和工人合作组织工会。在中古时期，另有手工业、商业、运输业、建筑业等同业公会。但这种同业公会是为了同行合作，而不是和雇主斗争。工业化时候的劳工运动，却是工人为了保障自己的利益而发展的集体运动。英国的劳工运动，曾和费边社在议会政治中合作，完善福利条款。

如上面所说，从极右的牧民思想下的福利制度到共产主义理想，其间有相当大的差距。每一个不同国家都有它独立发展的方向。我们通常批评第一次世界大战到第二次世界大战中德国和意大利的集权政治；我们也责备希特勒和墨索里尼，因为他们是发动战争的罪犯。然而，考察他们的背景得知，希特勒本来的国社党❶，就是从牧民思想转变而来的——他们认为国家对公民负有责任，所以国家应

---

❶ 国社党　即德国法西斯政党、纳粹党。1946 年 9 月，被纽伦堡国际军事法庭宣判为犯罪组织。

当有权主导社会。墨索里尼的集权，实际上是工团主义演变的夺权。因此，意大利在墨索里尼的领导下曾经有一个国会，那个国会不仅以分区代表作为代议士，而且有一半的人是按照职业团体区划。他们的工团主义，其实也可说是从劳工运动上演化的形态。到后来，国家的权力太大，而权力的诱惑也太大，终于使得这两个本来是为了社会福利而组织出来的新政权，都转变成集权主张的政权，再变成独裁政权。今天，纳粹和法西斯都变成了政治上的污名。

美国当然也是迅速发展的工业化国家，然而，美国的发展和新土地的开发有密切的关系。美国的成长，初期不只是工业化。在19世纪，美国的快速成长乃是通过开发大西部以吸收欧洲大批的移民，让这些新来的移民无偿地得到土地——当然，印第安人无辜地失去了他们的家园。美国在无偿的广大土地上生产巨量财富，支撑了美国资本主义和工业化，才有了波澜壮阔的大发展。美国在立国之初，那些领袖大多信仰自由主义，以为人要凭他自己的能力在平等的机会下，各自都能寻找到最好的发展。但是，实际的现象并非如此——在资本主义社会中，并没有真正完全平等的立足点。富者有无穷的机会，贫者难得同样的机会。那些从非洲抓来的奴隶，他们更没有任何自由权和平等权。美国的人权思想，在19世纪中叶开始展现。人权思想的发展，呈现于林肯主张的"民有、民治、民享"三个理想——国家和社会，必须将人权还给人，包括解放黑奴、给妇女投票权等。这些运动，当然都是美国社会福利观念的一部分。1930 年前后，五年的经济大恐慌才使得罗斯福总统推行新政，制定了美国福利政策的一些法律，奠定了实现福利社会理想的基础。

从资本主义工业化一百多年的快速进展之中，人类的主流文化其实并不是停滞不前，而是在不断反省过程中，主流文化产生了相当大的改变，甚至还出现了激烈的革命观念——马克思和列宁的共产主义革命。这种革命的效果，我们下几章讨论。如上所说，所有讨论之中，不能避免近代国家组织的出现。所谓近代国家，就是民族的和民权的国家。今天谈到的社会改革，可说是民生的国家的体现。国家改革必须依据国家的权力，而国家的权力只有从民权和民族两个方面着眼，才能有所解释。

第十二章

民族国家分化为专制国家或民主国家

第十一章讲的是资本主义与工业革命的后果，这些欧洲经济形势的转变也影响到政治制度，最值得注意的是近代民主国家的出现。过去无论是君主制度的帝王还是封建系统里的统治者，不一定是人民选择的，国家和人民之间并不一定有互相归属感，尤其在欧洲封建制度下，领土随着封君个人婚姻或亲属关系的改变而改变，导致"国无常君，君无常民"。这和17世纪以来资本主义的发展和工业革命之后的经济情况，是无法相比的。亚当·斯密的《国富论》指出：国家是一个共同体，而国家的公民是共同体的一部分，国和民共同享有这个团体的利益。

法国革命引发了全盘的国家民族化

17 世纪至 18 世纪的时候，英国和法国的革命已经打开了一个新的局面——市民因自己的经济利益而结合在一起推翻了君主，建立了民主政权。在这种民主政治的政体之下，人民和国家的共同体是一个契约的关系。在美国的建国运动中，这个契约的关系完全得到落实。在契约关系之下国与民是一体的，因为国家共同体的出现，正是为了保护这一群公民对外的发展和对内的安定。

另外一个情况：组成民族国家的这一群人有共同的回忆，他们同宗同源，或者至少相信自己是同一个种族的，而且共有一个文化传统。这一群体，用今天的话讲就是"民族"。他们在帝国或是封君制度之下，无法获得自己的归属感，因为他们只是属于国家，而不是国家的共同主人。

民主制度和民族的主权国家这两种情况的发展，在 19 世纪中叶就逐渐蔓延到全欧洲了。19 世纪中叶，法国的革命进入第二阶段，复辟的波旁王朝又被推翻。法国又趁着第一次革命的声势向东进展，引发了欧洲全盘的国家民族化。一次次的革命，使得许多地方的民族集团从奥匈帝国或是教廷体制之下得到了解放，建立了自己的政权。这一拨建立民族国家的浪潮中，最引人注目的个案，乃是普鲁士转变成为德国，意大利重新恢复自主的世俗政体，而捷克、匈牙利和巴尔干半岛的各个族群，纷纷建立国家，获得自己的民族独立。1848 年的浪潮确实非常彻底，让欧洲几乎全部从过去的帝国体制或封君制度，解放成为民族国家。

欧洲之外，英国、法国、俄国共同努力，打败了奥斯曼帝国的海军，将希腊从奥斯曼帝国手上解放出来。奥斯曼伊斯兰教帝国一步一步崩溃。19 世纪晚期至 20 世纪初期，又经过英国、法国、德国的煽动，阿拉伯人从奥斯曼脱离，寻求自立。奥斯曼逐渐瓦解，广大的中东地区分裂为黎巴嫩、阿拉伯、伊朗、叙利亚等。这些国家号称是独立的国家，实际上都是欧洲列强左右的半殖民地。无论如何，从表面上看，中东地区经过奥斯曼帝国的解体，也确实出现了一些新的政治群体。

美洲亦复如此。旧日的西班牙帝国，禁不住美国的运作，有些美国移民集中的原属西班牙帝国势力的地方，成为美国的一部分——例如得克萨斯州和加利福尼亚州；西班牙语系的中南美，也在美国的鼓励之下，一个个建立了自己的新政权。同样在澳大利亚、新西兰、加拿大等地，英国的移民在这些地方成立了自治的殖民地政府，这些自治政府和母国还有密切的联系，但终于逐渐发展成自主的政体。

只有非洲，非常可怜：19 世纪晚期到 20 世纪初期，正是列强瓜分非洲的时候。每个列强都取得一片领土，并不让地方原住民族群成立自己的国家。唯一的例外是埃及和南非；埃及是英国、法国先后建立的势力范围；南非则本来是荷兰移民建立的殖民地，经过波尔战争被英国强夺为自己的领土。广大的非洲都是欧洲人强占的领土。

在亚洲，中国经过了鸦片战争之后，遭受了一连串的屈辱，陆续签订了不平等条约——中国虽然没有亡国，却也沦为列强共享的半殖民地，无处不受外人的牵制。日本的明治维新则开创了新局面。经过美国"黑船事件"被迫开放贸易，日本居然摇身一变，在一些年轻武士的努力下，推翻了德川幕府，建立了一个模仿西欧体制的近代国家。泰国的变化，是采用另外一种方式。泰国是一个小国，并没有很大的实力。在英国的影响下，泰国模仿英国的体制，成立一个比较现代的君主国家，虽不能说完全独立，但也不是殖民地。

整个看来，如上所说，主权国家的观念，基本上建立在民族的归属和认同的基础上。在民族认同之下，又可以分成两类：一类是以民族自尊为主要诉求的国家，另一类是以契约关系建立的民主国家——这两个类型，到后来就各自发展成不同的传统。

德、意、日等专制国家的形成

我们必须注意几个长期以来都是专制集权的主权国家。

　　第一个是从普鲁士转变为德国的中欧强权。德国经过俾斯麦和威廉二世❶的努力，将中欧的日耳曼人集合在德国之内，他们以日耳曼精神自豪。中欧的日耳曼民族，也确实有它独特的传统，和旁边的拉丁民族❷及北边的斯堪的纳维亚族群❸的确有不同之处。这个强大的中欧国家，非常自豪于过去的传统，而且认为奥匈帝国不足以代表日耳曼民族的精神。德国发展了开明君主专制，又转化成军国主义。这一传统使得后世希特勒很容易将德国转变成纳粹，集中国力，全民一心，将德国拉上世界第一等强国的地位。前面多少次普法战争，和后来两次世界大战，德国都是挑动战争的主角，其中主要的原因是，德国自我期许，认为应该有和英法一样的世界地位。但是德国起步太晚，无法像英法这样，攫取海外的领土，掠夺海外的资源，所以德国

---

❶ 威廉二世（Wilhelm Ⅱ，1859—1941）　亦称"小威廉"，普鲁士王国国王和德意志帝国皇帝（1888—1918）。威廉二世在位期间，对内实行专制统治，镇压革命运动；对外推行容克资产阶级的侵略政策，大力发展海军。

❷ 拉丁民族　原指古代定居意大利半岛中西部拉丁姆平原的部落民族。其先民为公元前一千年前后由欧洲大陆迁来的印欧人。现在泛指受拉丁语和罗马文化影响较深的操印欧语系语言的民族，如意大利人、法兰西人、西班牙人、葡萄牙人。

❸ 斯堪的纳维亚族群　指生活在斯堪的纳维亚半岛上的族群，包括挪威、瑞典和丹麦等国，他们拥有共同的文化和历史渊源。

1862 年的奥托·俾斯麦

俾斯麦是德意志帝国第一任总理,人称"铁血宰相"。他和威廉二世的努力,使得中欧的日耳曼人集合在德国境内,建立了德国的强权。

尽其全力，组织成一个权力集中的国家，与英、法、美角逐霸权。在"二战"以后，民主政治才在德国真正地生根发芽；即使有过制定"魏玛宪法"的共和国，在近代德国历史上也只是昙花一现，仅能短暂地实现民主政治。

另一个例子是意大利。意大利人自认为是古罗马的后裔，但是意大利半岛在罗马帝国崩溃以后，长久以来，成为罗马教皇掌控之下的领土。在天主教廷普世体制之下，意大利并没有自己独立的国格。终于，意大利人民经过加富尔等人的共同努力，自己独立建国，成为一个有完整的主权国家。这一个国家背负着罗马帝国的光荣，也因此有强烈的自负和骄傲。意大利的国力其实并不强盛，领土也并不广大，但也要力争上游。自加富尔等人开国之始，意大利始终梦想着要恢复古罗马的光荣地位。墨索里尼所建立的，也是继承了这个民族的自我期许。墨索里尼建国之时，是以社会主义旁支的工团主义建立的政权。为了把意大利推上国际舞台，意大利人民容忍墨索里尼一步一步走上法西斯专政。

俄罗斯是另外一个例子。彼得大帝改革之后，俄罗斯曾经抵抗法国拿破仑的入侵，居然不仅撑过危难，而且取得胜利。在第一次世界大战以前，俄罗斯仍然只是东欧大国，在全欧洲没有发展为头等大国的空间。虽然他们屡次侵犯波兰，却总是无法越雷池一步，所以只能尽力往东发展。然而，俄罗斯从来没有忘记自己应该是欧洲大国。这个自我期许的传统，也使得俄罗斯在沙皇时代及以后的时代，始终以一个强大的中央作为立国于列强的手段。

再往东方看。日本的位置在中国的旁边，长期接受中国文化的影响。在宋代以后，中国屡次改朝换代动乱之时，日本渐渐地以为，自己才是保持和发展中华文化的地方，甚至胜过中华本身。这个自我期许，也使得日本人有一种超越的野心。明治维新使得日本很快成功地转变成西方式的君主国家。日本的武士传统，也轻而易举地转变为军人干政，走上武力扩张的道路。1894 年，日本发动了中日甲午战争，又用武力强占了朝鲜。利用中国的赔款和割地，以及占领的朝鲜和中国东北的资源，日本迅速扩充军力，俨然成为东方大帝国。再加上军人干政，甚至公然杀害首相和高级文官，日本从此不求发展西方式的民主制度，而转变为一个军人、资本家和官僚三合一的帝国。日本的近代史上，没有真正的民主制度，一直要到"二战"以后，在美国的监控和扶植之下，才逐步发展西方式的民主。

上面所说的几个国家，都有非常的抱负，而且有决心要取得自己认为应有的国际地位，获得大量的海外财富，提高国力，发扬国威。他们以民众对国家的认同及归属感，作为主导人民的诉求和理念。它们的人民不仅能忍受，而且支持本国发展成为集权专制的国家。

以契约关系建立的民主国家

另一类是民主体制之下的国家。这些以人民组织成为政治共同体的国家，人民和国家是一体的，因为他们认为：国家是经过他们合约的同意，才成立的一个管理单位。他们对国家的归属感，不需要诉诸过去的光荣或是民族的自负，因为他们直接可以参与国家的统治和管理，不仅可以直接分享利益，也可以借国家的力量帮助自己获得利益。这些国家以英国、法国、美国为例，它们一样进行海外扩张，但它们不会允许权力过度集中。

法国，从第一共和国到今天的第五共和国，一次又一次几乎变成集权专制的政权，但又一次次回到民主。拿破仑一世、菲利浦、拿破仑二世以至于戴高乐，都是一时的强人。但在民主的传统之下，法国终究没有转化为集权专制的国家。戴高乐的经历值得注意：这个自负而又有复国功勋的领袖，在其权力的巅峰被赶下台，而第二次当政时，他能够从国家的重大危机中重新组织法国。

在英国——从克伦威尔到丘吉尔——也常见强人，然而英国从来不让这些强人长久把持国家的政权，也不让他们的权威转变成传统，更不要说演变成制度。以"二战"时期的丘吉尔为例：丘吉尔在危难之中领导英国抵抗德国，终于转危为安，甚至转败为胜。正在胜利的时刻，英国老

戴高乐

图为 1944 年 6 月，法国从纳粹手中解放，戴高乐凯旋的场景。

百姓用选票让丘吉尔下台。美国亦复如此,在开国时候,华盛顿没有成为皇帝式的总统。虽然美国总统的权威非常大,但历来的总统没有一个敢独占权力。林肯打完南北战争,居然被刺;罗斯福总统建立不世的功勋,而且破例连任四届,也不可能变成独裁。

凡此情形无不说明:民主国家有一个防范强人的体制。最要紧处在于这些国家都有权力互相制衡的制度:立法权和行政权绝对不可以属于同一个人;而独立的司法权,一定可以在宪法或法律范围之内,平衡立法权和行政权的冲突,也制止强人政治出现。当然,国家的权力究竟应该多大?人民能够忍受多大程度的国家控制?另一方面,人民需要多大程度的国家干预?需要多少国家的力量以维持国家安全?这些,都是政治学至今无法解决的难题。自由主义与国家主权之间的纠缠,始终无法完满地得到解决。

其他国家的民主与集权

至于那些小国,像西欧的荷兰、比利时,国力都不够强大,因此他们有自知之明,知道自身不可能成为大国。他们既不会,也无能力成为国际的第一等强国。最好的例子是瑞士:瑞士小国寡民,民主制度非常彻底,然而,瑞士不参与任何国际的纠纷。

　　另外一类则是出现在"二战"以后，列强所在的各个殖民地半殖民地纷纷独立，成为新的国家。其中有一些老国家的后裔，例如伊朗，也常常不忘自己光荣的过去，缅怀昔日国际第一等大国的地位。它们在民族主义的诉求之下，很容易走向专制。

　　中美洲的小国家和中东的小国家，国家不大，根底不厚。它们虽然摆脱了殖民地时期被人统治的命运，但还是走不出被强国所左右的阴影。"赵孟之所贵，赵孟能贱之。"❶这些强国势力支持听命的政权，不会容忍它们走向真正的民主。一些军阀或者部族领袖不在乎民意，就可能成为独裁者。最近利比亚的内乱，就是一个活生生的例子。欧美列强利用利比亚的内战，消灭了他们无法控制的领袖。古巴又是一个例子。古巴本来是在美国卵翼下的旧政权，被卡斯特罗的革命推翻了。今天卡斯特罗已经让位了，美国还是无法改变古巴的集权政体。

　　综合起来讲，近代出现的主权国家，确实是人类历史上的新事物。国家的发展，走上两条不同的道路，未来的世界，不同背景的国家，恐怕还会或左或右地摆动，寻找

---

❶ **赵孟之所贵，赵孟能贱之**　出自《孟子·告子上》。赵孟，春秋时晋卿赵盾，字孟，这里以赵孟指代有权势的人物。赵孟可以使之尊贵，赵孟也可以令之下贱。这里喻指强国控制弱国的命运。

自己的方向。社会主义主张国家干预人民的生活，而自由
主义是反对国家插手个人的生活。今天，自由主义体制下
的民主制度，由于有分权的制衡，固然可以防止权力集中，
然而，它们也会面临难题：国家危难之际，经济困难之时，
资源不足的时候，怎样合理地分配资源而不至于偏颇，不
至于有太多的贫富悬殊和权力的把持。无论哪种形态的国
家，都有难以解决的难题。人类曾经梦想过很多乌托邦，
很多美好的桃花源，可是对于权力的分配和权力的约束，
至今还在探索可以行之久远的方式。

第十三章

列强对世界的瓜分以及战后
人类文明的发展

19世纪下半叶到20世纪初，近代世界——以欧洲列强为主导的世界——经历了一段极速发展的时代。在科技发展方面，火车、轮船和飞机，都已经成为主要的交通工具；内燃机和石油的使用，将对能源的应用又提升了一步；各种电器用具和水力发电，又成为新的发展领域。这一时期是工业革命的另一个阶段，能源、材料、产品以及运输的方法，都将这一个时代的生产力和相应的经济水平，提高了无数倍。

列强在全球范围内极力扩张

在国际关系方面，英国无疑是世界上最强的大国，也是工业生产量最大的国家。英国的属地遍天下，号为"日不落帝国"。法国在欧洲大陆上睥睨一世，是当时的强国。紧接着，德国和俄国都起来了。中欧和东欧有许多国家保留君主制度，可是也配合上了宪政的民主政体。这些国家的君主，譬如说希腊、德国的君主，他们和英国维多利亚女王❶家族的女子通婚，由此，英国皇室的亲属遍布欧洲各处。

欧洲以外，美国方兴未艾。它经历了内战，解放了黑奴；许多欧洲的移民涌向美国，开拓了广大的内陆；西部黄金和石油的发现，更提高了美国的生产能力。但是，美国究竟还是一个后起之秀，一时之间还没有赶上欧洲的力量。在东方，日本在明治维新以后，打败了中国，吞并了朝鲜，侵占了琉球和中国台湾，也在中国东北地区极度扩张，以致和俄国势力产生了严重的冲突，在之后的日俄战争中又打败了俄国。

中国的对外战争由于经历了屡次失败，中国市场等于是对所有列强开放的公开市场。八国联军侵入中国，中国偿付巨额赔款，还将内陆的航行权和经商权全面开放。美

---

❶ 维多利亚女王（Victoria，1819—1901） 英国女王（1837—1901），印度女皇（1876—1901）。在位期间，英国工商业快速发展，扩大对殖民地的掠夺（号称"日不落帝国"），几乎享有对世界贸易和工业的垄断地位，被西方史学家称为英国历史上的"黄金时代"。

国主张门户开放政策，因此没有一个国家能将中国当作殖民地，但中国实际上是全世界列强共同剥削的半殖民地。

　　非洲已经被瓜分了。太平洋、印度洋中的岛屿，也都分属各大列强所有。于是，各国竞相抢夺新市场——一个是中国，另一个是中东地区。在中东，奥斯曼帝国解体，欧洲列强都想在这一块空地上取得有利的地位——德国和英国在中东地区进行的竞争十分激烈。东欧和巴尔干地区，本来种族关系就非常复杂，因为这里是东西南北的交通要道，曾经路过这里的许多民族，几乎都留下了一些后裔，使这个地方的民族关系纠缠不清，同时，巴尔干半岛又是一个争取中东的重要基地，因此，此地不可避免地成为世界的"火药库"。

英、法、美、日占据全球市场

　　英国启动的工业革命，曾经使英国的商品遍及中东和亚洲。德国以及其他欧洲国家兴起以后，也要在国际市场上占有一席之地。东方的日本获得了中国的巨额赔款和在中国发展的特权后，生产力迅速增长，很快就成为东方的工业国家。世界市场上，忽然增加了许多力量，这些力量为了取得市场和原料，激烈竞争。经济利益的冲突加剧了政治利益的冲突，于是，第一次世界大战爆发了。这是人类第一次爆发如此庞大规模的战争，波及范围之广，武器杀伤力之大，都是史无前例的。从 1914 年到 1918 年，经过四年的恶战，最终英国和法国打败了德国和俄国。俄国甚至经历了一次社会主义革命，成为第一个共产主义国家。

这次战争以后，一时之间，英、法、美这三个主要的西方国家和东方的日本占据了全世界的市场。新的形势使这些国家的经济发展得非常迅速，甚至过度膨胀。生产力强大，而市场终究有限——资本主义的扩张策略是尽量生产，以取得更多的市场。于是，在战后的世界，由于这些工业国家的彼此推挤，整体生产量超过了市场可以容纳的数量。经济因生产力量的提高而增长，股票市场也产生畸形的膨胀。后果是，过度庞大的资金和过度受刺激的股票市场，终于导致了经济的泡沫化增长。先是美国股票市场崩溃，接着就是大量工人失业，最终造成了 1929 年到 1933 年的大恐慌。这次大恐慌产生的影响波及全球，不仅美国受到了重创，全世界各国都在美国的大恐慌影响之下，一个个经历了经济上的萧条和社会的失控。

中国也在波及之列，上海的股票市场一落千丈。可是，也正在这个时刻，由于西方经济力量的撤退，中国居然得到空间发展了小规模的民族工业，供给国内市场。这个初生的生产力，其规模当然不够支撑整个中国的需求。在这个时候，日本却利用中国东北地区、中国台湾和朝鲜的经

1929 年的《布鲁克林每日鹰报》，头条是"华尔街股市崩溃，陷入恐慌"

1928 年到 1932 年的大恐慌，影响波及全球，不仅美国受到了重创，全世界各地都经历了萧条和动荡。

济势力，已经非常迅速地将自己建成一个东方的工业国家。日本曾经是英国在东方的盟友，英国利用日本的势力，牵制俄国在东方的发展。但在第一次世界大战以后，英日之间也成为竞争对手。于是，太平洋地区的美国、英国、日本就成为三角竞争关系，争夺市场和资源。

在欧洲，德国一直忍受着第一次世界大战以后的不平等条约，这激起了德国人民强烈的民族情绪。民族主义的诉求，使得德国人努力发展自己的精致工业。在生产能力、产品质量方面，德国的生产能力超过了其他各国。这一超越，立刻又将第一次世界大战没有纾解的市场与原料的竞争再度升级了。虽然那次经济萧条好像暂时限制了它们扩张的能力，但本质上的危机并没有解决。

当时美国总统罗斯福实施的新政，整顿了工业生产的秩序，也整顿了资金供求的秩序。罗斯福的新政，实践了凯恩斯❶经济学的原则：国家以公权力节制、约束和规范工商业，同时，也以国家的公权力创建了社会福利制度，使得失业的工人不至于穷而无告。美国的经济渐趋稳定，欧

---

❶ 凯恩斯（John Maynard Keynes，1883—1946）　英国经济学家，凯恩斯主义的创始人，现代西方宏观经济学的奠基者。1929—1933年世界经济危机后，提出失业和经济危机的原因是有效需求不足的理论，主张由国家全面调节经济生活，以挽救资本主义。

洲各国也逐渐发展出一套社会福利制度。于是，在 1930 年以后，世界经济的重新成长又一次造成国家之间紧张的竞争。最后，德、意挑战英、法在欧洲的霸权；日本在东方独树一帜，企图独霸东业。紧张的形势终于导致了第二次世界大战。

"二战"后人类科技文化的发展

"二战"爆发之前，日本已经在大规模地侵略中国；在欧洲，德国也是极度地扩张。我以为，第一次世界大战和第二次世界大战实际上是连续的，两次战争的内因都是相同的。第一次未解决的问题，在第二次也没法得到解决。两次世界大战本身对世界具有极大的影响，战争的消耗使长期累积的大量资金和生产量得到消化。战争时期，为了改进武器，人类又研制出一些新的科技产品，从导弹到原子弹，还包括喷气式飞机和雷达。新型的通信设备，使得人类的通信能力得到进一步提高。生物科技的使用也在医药方面获得巨大的突破，例如抗生素的使用。战争造成了巨大的破坏，可是战争竟也带来了新事物，使人类的生活水平提升到了另一个高度。这是历史的吊诡。

"二战"以后，国际均势重新调整：英国的许多殖民地独立了；美国取代英国成为世界第一强国；德国、日本在战争中毁伤了它们侵略的地区，自己也受到了毁灭性打击。但战后，由于美国需要德、日作为前哨的基地，这两个国家的工业生产又迅速恢复了。这些情况的后果，第十四章我们讨论。

19世纪的下半叶到20世纪的上半叶，是人类的快速发展时期。科技的进展、经济水平的提高和生产的扩张，以及国际关系的调整，都是史无前例的。国际关系调整过程中，有更值得注意者，就是逐渐走向文化和经济的全球化。

这一时期，我们看见人类主流文化许多重要的变化。19世纪下半叶是维多利亚女王的时代，虽然到20世纪，英国国王已经是爱德华，但维多利亚时代的文化却已经蔓延到全世界。这种文化模式的特征表现在艺术、文学和日常生活上，是夸张、繁复、浮华和热闹，尤其在艺术上的装饰性，表现得非常突出。这个19世纪全球性的浮嚣和夸张的文化，引发了许多人的不满。于是在法国，有印象派和抽象派的绘画将艺术的创造转为内向。俄国19世纪末期诞生了大批优秀的小说家，如屠格涅夫❶、陀思妥耶夫斯基❷

---

❶ 屠格涅夫（Ivan Sergeevich Turgenev, 1818—1883）　俄国作家，著有《猎人笔记》《贵族之家》《多余人日记》《父与子》《处女地》等。

❷ 陀思妥耶夫斯基（1821—1881）　俄国作家，发表小说有《双重人格》《罪与罚》《白痴》《卡拉马佐夫兄弟》，其作品对西方文学影响很大。

等，他们的小说都具有深层的反省色彩。在他们的小说中，经常出现两种文化的冲突，也就是俄国自身的文化和西方文化之间的冲突。同样的现象也表现于中国。五四运动以后，中国的文化，也是呈现中西文化二元的冲突和矛盾。在欧洲本土，像罗曼·罗兰❶这一类的作家，重新审视贝多芬、拿破仑这些英雄角色，做深入内心的分析。罗曼·罗兰的做法和当时兴起的心理学有深刻的关系。而在美国，譬如斯坦贝克❷等人，为了工人的劳苦、穷人的无告，进行了严重的控诉，指责新兴的资本家豪奢的生活。梭罗❸写的《瓦尔登湖》❹，则提倡回归自然。这一回归自然的诉求，和印度的泰戈尔和俄国的托尔斯泰的思想是可以互通的。

从 19 世纪末到 20 世纪前半段，世界上的文化活动是矛盾和冲突的，有各种极端的方向，在近代文化史上呈现为多姿多彩、多元激荡的现象。举个例子：一方面，我们

---

❶ 罗曼·罗兰（Romain Rolland, 1866—1944） 法国作家、音乐学家、社会活动家，作品有《贝多芬传》等，获 1915 年诺贝尔文学奖。

❷ 斯坦贝克（John Steinbeck, 1902—1968） 美国作家。他的许多作品都表现了底层人民善良质朴的品格和悲苦的生活。著作《愤怒的葡萄》使他获得普利策奖。1962 年获得诺贝尔文学奖。

❸ 梭罗（Henry David Thoreau, 1817—1862） 美国作家，主张人类回归自然，曾在瓦尔登湖畔隐居两年，体验简朴生活。

❹《瓦尔登湖》 本书记录了作者隐居瓦尔登湖畔，与大自然水乳交融，在田园生活中感知自然、重塑自我的奇异历程。

看见纽约歌舞厅中庸俗的大腿舞；另一方面，穷困的诗人
吟唱着悲苦的诗句。这些现象使得许多人不能不反思过去，
检讨未来。正如我们在前几章讲到：斯宾格勒对文化的解
释是文化有自己的春天，也终究会走到严冬；而汤因比将
世界看作二十几种大小文化的冲突、融合和调节，也描写
了一个正在出现的多元世界。

共产主义的兴起和民族主义的高扬

20 世纪，这个多元的世界面临着很多的矛盾和困境，
当然这个时期最重要的现象，就是共产主义的兴起和民族
主义的再度高扬。共产主义兴起的第一件大事，乃是列宁
领导布尔什维克取得了俄国的政权，将俄国变成一个共产
主义的基地。共产国际的理想，是要将共产主义革命推向
全世界，代替资本主义，建立社会主义制度。在 20 世纪的
前半段，欧洲的青年不少是向"左"转的。东方的日本和
中国，都有人接受共产主义的信仰。在 1921 年，中国共产
党出现了，1949 年它又在中国建立了政权。经济大萧条以
后的快速成长，也反映出资本主义本身的一些毛病。对现
实的不满和对理想世界的憧憬，是左派的革命力量成长的
原因。这些冷战期间的故事，以及战后的发展，我们留到
第十四章来讨论。

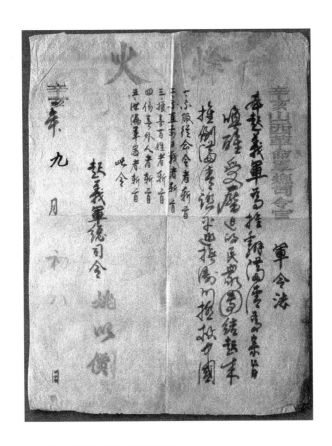

1911 年山西起义军的辛亥革命军令法

1911 年中国辛亥革命以后，中华民国建立，这是在亚洲出现的第一个
共和国。

　　至于民族主义的高扬，表现于"二战"前后许多殖民地寻求独立和自主的运动。1911 年中国辛亥革命以后，中华民国建立，这是在亚洲出现的第一个共和国。1928 年北伐到 1937 年抗日战争全面爆发，再到 1949 年成立中华人民共和国，在东方逐渐兴起了西方主流文明以外的另一股力量。中华民族的复兴所经历的路程非常艰难——多年内战再加全民抗战，又加上后来四年国共之间的斗争，中国几乎国将不国。能够抓住中国人心理的最主要的力量，就是中国人要在百年屈辱后，再度站起来的信念。中国为了自己能独立而做的种种努力，在东亚邻国中产生了很大的影响——缅甸、越南、韩国都想要从殖民地的地位回归到独立国家的地位。中国辛亥革命的成功曾给它们带来相当程度的鼓舞。印度在甘地领导下开展了独立运动，不断地寻求和中国的合作。太平洋地区从马来西亚到新加坡，华人参与当地政治，也给战后当地的独立运动注入了新的力量。不仅如此，在久经欺凌后，世界各地的民族主义的浪潮和社会主义的浪潮，常常重叠在一起在战后的世界涌现。在两次世界大战之间，民族主义不断地茁壮成长，终于在第二次世界大战以后开花结果。

　　这一段时期，19 世纪晚期到 20 世纪前半段，可以说是资本主义经济和民族国家体制最兴盛的时期。在 20 世纪的后半段，世界将呈现更多的转变。

第十四章

三种不同国家形态下的政府权力膨胀

政府权力膨胀的现象普遍存在

第十三章我们谈到三种不同的国家形态，第一种形态的民族国家最早兴起。以普鲁士和俄罗斯为例，这两个国家本身国力微弱，为了在列强圈子中争得一席之地，动用国家的全部资源，建军立国。这样的国家，政府的权力笼罩一切。普鲁士和俄罗斯能够在短期内与英法抗衡，就是以民族国家的诉求，举国一心、建国图强，遂造成民族主义的传统。

同样，日本在明治维新以后不到二十年的时间，将一个东亚岛国建设成亚洲唯一的近代国家。明治维新的领袖人物以富国强兵为目标，排除一切异己，凝聚企业集团、官僚分子和军人三种力量，构成一个三合一的权力集团。

最后军人力量独占胜场，用赤裸裸的暴力杀害了自由派的政治家和知识分子。然后，日本倾全国之力，利用中国东北地区、中国台湾地区和朝鲜的资源，以及中国在甲午战争和八国联军侵入时的赔款，很快地建设成为一个军事大国。这几个类型的民族国家，都是诉诸民族情绪，用强有力的政府组织和建设，后果当然是政府的权力极大，无人可以挑战。

第二种形态，是以英国、美国为代表的形态。它们表彰社会契约论，以国民个人的自由意志组成宪政的政府。这种政权，在建设和发展之中，为了保障民权，都尽可能缩减政府的功能。他们也设计了分权制衡的制度。美国立国之初，根据汉密尔顿等人的主张，就是建立一个小权力政府。在中央权力和地方权力的划分上，他们也尽量减缩中央权力，避免中央干预地方事务。英国亦复如是，国会是权力的载体，可以做任何事情，但是国会也随时可能解散。英国有民主的传统，民间的声音可以挑战政府的决定。这些以个人自由、个人权利为基本诉求的民主政体，本来可以避免政府膨胀的趋向。但是，在两次世界大战时期和战后，它们的政府权力也曾经大为膨胀。关于这一部分，我们后面再详细讨论。

第三种形态，是社会主义国家。以苏俄和中国为例，社会主义国家本来就有一种使命感，一则是求得社会资源分配的公平，二则是求得集体的安全和社会公义——这是为了弥补第二类型国家的缺陷，即虽有个人自由，但缺少社会公义。这些社会主义国家，是以革命作为手段取得政权的。革命本身就是暴力性的，所以社会主义国家要以强制性的权威，动员全国力量改造和组织一个新的社会。其最初阶段的理想，还包括推广社会主义革命于全球。这种国家的政府权威，必定高于第二类型国家，政府动员全国的资源和力量达成建国目的的效率与速度也确实是极为惊人的。比如说，列宁革命成功以后，虽然经过内部的争斗——尤其与"托派"的斗争，使得红军的革命力量大受损害，然而，苏联还是可以很快地建设成为工业化程度相当高的国家。因此，苏联能在"二战"中以强大的军队、雄厚的工业资源和力量，抵抗希特勒的进攻，最终获得胜利。

以中国为例，中国近代史的后半段，从辛亥革命一直到 1949 年，是民族国家的形态。为了救亡图存，政府也尽量扩张自己的权力。在 1949 年以后，政府统治力量之强大人所共知，即使中间经过动乱和停滞，近三十年来的发展也是极为惊人的。

这第三类型的国家，政府权威的膨胀无疑史无前例。第三类型的国家，本来就是第二类型国家的对照面——资本主义的理想和社会主义的理想虽然互相挑战，互相竞争，但它们也是一对共存的双胞胎。这两种形态在发展过程中也时时刻刻因对方而有所调整。以美国而论，罗斯福新政就是受了社会主义理想的影响，以和缓的手段节制资本主义的发展，并且推行社会福利，以缓和社会的对立与冲突。英国工党逐渐壮大，终于与保守党并立取得国会主要地位，其中，当然也有费边社一贯地推动，将工人运动和议会政治结合为一，推行了社会福利。欧洲许多社会福利国家，在 20 世纪，几乎都曾经历类似的过程，将资本主义和社会主义的经济结合成一个介于两者之间的混合形态——既保持自由的市场竞争，也顾全基本的公平分配。

战后许多新兴的民族国家，有的模仿第二类，有的模仿第三类。基本上，它们都是持民族自主的诉求，摆脱殖民地的约束，寻求自身的独立。这些国家在建国之初就以获得民族的尊严和国家的自主为最高目标。它们走的方向，也是和前文讲过的德国、俄国、中国、日本相似。其中有些国家模仿殖民宗主国的制度，例如菲律宾模仿美国的国会制度，印度模仿英国的国会制度，但这两件仿制品离英美本身的原样相差很远。这些国家动员国力的能力并不强大。模仿第三类国家的新兴国家，例如古巴、越南、朝鲜，政府权力庞大，但往往没有成功地动员国家资源的能力。

国家权力膨胀的现象，我们应当注意。第二类国家的情况，即英美形态民主政治，本来要标榜小政府及个人自由的，居然也逐渐呈现了国家权威膨胀的趋势。这些发展的趋向，和第二次世界大战以及战前、战后许多国际冲突有关。从19世纪末以后，世界不断爆发战争。如同第十三章所说，列强争斗的基本原因是争夺资源和市场。战争之中，以英美为例，要赢取战争，必须面对战时紧急状态，动员全国力量，这就开启了国家权力膨胀的门户。战争过了，这一趋向积重难返，掌权者仍会继续走下去。

民主政府也存在国家力量膨胀的现象

在没有战争的情况下，即使是民主政府，为了克服国内的危机，也要以国家力量掌握国家内部的建设。以美国的历史为例：美国立国之初，沿着大西洋岸建成十三个州。国内的交通大半是自由发展而成。使用的交通工具，最初只是马车，后来发展为水运系统，美国的河运网曾经是非常繁密的货运网络。紧接下去，为了开发美国内地，国家赋予投资铁路的资本家种种特权，让他们挑选路线，也让他们无偿地使用土地，尽力扶持他们发展一个纵横各地的铁路网。从19世纪晚期开始到20世纪中叶，美国最主要的交通网络是铁路网。20世纪30年代经济大恐慌以后，罗斯福以工代赈，动员了很多失业的工人整理河道，建坝发电，更重要的是铺设了一个繁密的公路网。有了这个公路

1913 年，美国密歇根州底特律海兰花园工厂内停放的福特 T 型车半成品

以福特 T 型车的诞生为开始，美国的汽车工业一飞冲天。

网以后，美国的汽车工业一飞冲天，还把铁路的运输功能打压了下去。基于这个网络，美国迅速城市化：内部的区间分工和内外资源的流通发挥着前所未有的作用。这一套内部系统的建设，包括能源、交通等的大力发展，使美国联邦政府的权力在美国各地的影响力大为膨胀。

科学技术方面也是一样。在工业化早期，英国政府曾对本国的工业化给予极大的帮助，但是当时主要的资金调动和人力培养，都在民间完成，而不在国家。两次世界大战都研发了新的武器和医药，例如导弹、喷气式飞机、盘尼西林等。这些新兴科技转移到民生工业上也具有极大的影响。于是，政府支持科技研究不仅是在技术的运用上，慢慢地，也延伸到学科本身的学术研究，此时，政府的资源变成不可或缺的力量。今天，美国联邦政府对学术研究投入的资源，比重已经超过民间，国家可以支配和控制学术走向。学术研究的成果，可以转化为生产技术，开发新的产业。国家资源与权力，无论直接还是间接，都相当程度地决定产业发展的方向和性质。美国如此，英国、法国、德国一样如此，踏上同样的道路。

今天，美国大学的研究，几乎都要靠国家提供的资源。就人文社会科学方面而言，由于战争时期培养出的习惯是靠学界的帮助来判断敌国的内情和当前的情势，这种以学术与国家安全配套的观念，使得今天的美国对各大领域和

各个层面的学术研究都不敢忽视。这种势态当然也引发了
国家对知识以及意识形态的直接影响。本来注重小政府
的美国政治，现在也走到如此地步——国家力量膨胀，已
经笼罩了今日美国生活的每个角落，更何况高度集权的政
权——对国内各方面的影响力更如水银泻地，无孔不入。
我只举了美国的例子，其他国家的情况当然可以依此类推，
此处不再特别讨论。

20 世纪国家组织的"利维坦化"

多次的战争将世界拉到一起。战争之中频繁的交互往
来以及战后的重新洗牌，不断地调整着国际关系网：从列
国并立，逐渐演化成冷战期间两大阵容的对立，冷战结束
之后又逐渐走向全球化的方向。在全球化的趋向之中，当
然，除了商业的来往、资源的交换以及观念的沟通以外，
我们还必须注意，今天出现的信息科学及其衍生出来的产
品，将各地的信息和多种的观念，都汇集在一起。这一新
形势的好处是，每一个地方都能很快地接收到来自各地的
多样的信息；而坏处却是，不论是国家还是有力量的民间
团体，可以掌握信息，也可以控制信息流入。于是，除了
国家权力膨胀以外，另一个我们必须注意的现象，就是国
家真正的权力逐渐集中于少数人之手。

在第一类型的民族国家之中，一些得志的掌权人，像刚刚垮台的卡扎菲和穆巴拉克这些人，以保持国家独立和维护民族自尊为由，在国内强行实施寡头政治或者独裁政治。这种例了到处都可以见到，不用我再细说。许多本来是民主政治的小国家，也常常卷入这个浪潮。这些新兴的小国居然只有很少一部分能够避免独裁或寡头专政的情况。

第二种形态的国家——本来是民主政治的国家，应当有能力避免权力集中，但这些以资本主义经济为主体的国家，由于战后资本主义极度发展和生产能力的迅速扩大，再加上企业本身已经形成分工，尤其是资金运转的机制也渐趋成熟，都使得财富逐渐集中于金字塔的尖端。今天美国 1% 的人拥有的财富，超过全国财富的 40%，99% 的人只拥有 60% 的财产；而贫困线以下的人口，在今天的美国已经很快逼近 20%。这些看不见的寡头政治集团，是隐藏在自由企业和民主政治面具之后的统治阶层。

今天美国的政治，实际上已经被不会超过三千人的小团体操纵着。他们操纵政治，也操纵舆论。财富在他们手上不断地被聚集、吸收。这些人能够掌握国家的权力，假借公权力之名，以民主代议政治的形式，不断制定对富者有利、于贫者有害的法令制度。美国制度会演变成这样，在建国之初是未曾想到的。英国、法国也不能避免同样的毛病。

在日本，早年的财阀、军阀和政客形成三合一的权力结构，使日本长期以来社会封闭，停滞不前。日本工业建设得很好，但原创力严重不足——他们工作的特点，就是做种种的改良，很少有自己新的发现和发明。日本中产以下的人民是没有发言权的，全国沉浸在一种沉默寂静的气氛中。这次的海啸赈灾❶，充分地暴露了三合一的僵化团体是如何把持日本政权，使日本的民主政治徒有其表的，而实际上这个政府并没有能力处理已经发生的危机，恐怕也无从处理未来将要发生的其他危机。

第三种形态的政府，在"苏东波"❷以后改变了作风，苏联就是一例。中国在改革开放以后，将近三十年的发展也和过去不一样。基本上，第三种形态的国家，已经将资本主义的优点，融合在社会主义的体制之下。这些国家在社会公平的理念之外，也考虑到财富的增长。这些国家政府力量的庞大，众所周知，此处不用我再细说。

这三种国家形态，如今都已经产生了个体难以与之对

---

❶ 指 3 月 11 日本地震引发的特大海啸。（编者注）
❷ **"苏东波"** 又称东欧剧变。指从 20 世纪 80 年代末到 90 年代初，东欧各国社会主义国家的政治体制和社会性质发生根本性的改变，是斯大林模式的社会主义制度最终演变为西方欧美资本主义制度的剧烈动荡，最先在波兰出现，以苏联解体告终，一般被认为标志着冷战的结束。

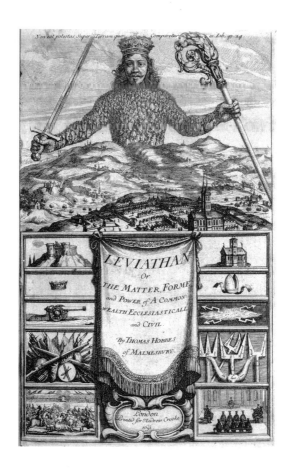

利维坦

利维坦本来是《圣经》里面提到的一种巨大的海兽，霍布斯将国家比喻为利维坦一般的巨无霸，二者都是人类必须面对又无可奈何的巨大力量。

抗的局面。第二种和第三种形态国家的内部，结构复杂，问题丛生，个体公民本来就已经不知所措，在面对庞大的国家机器时，更只有向国家屈服一途而已。霍布斯在17世纪讨论到社会契约论的时候，曾特别提出一个"利维坦"❶（Leviathan）的概念。这个字眼本来是基督教《圣经》之中所提到的大海中一种巨大的动物，可能源于以色列人听到的关于鲸的故事。在《圣经》中，这个巨无霸是人类必须面对而又无可奈何的巨大力量。霍布斯认为，国家的存在，是为了结束混乱不堪的斗争；国家应当出现在混乱之中，它能在混乱之中建立一个让人们可以生存的秩序和可以共同存在的社会。霍布斯提到这个"利维坦"的时候，他其实是在预告：国家可以是一个巨无霸，在巨无霸面前，每一个单独的个人都是微不足道的。21世纪的今天，全世界的国家有大小和组织形态的不同，但我们看见，它们前进的方向，基本有着相同的趋势，那就是国家越来越像"利维坦"了。

---

❶ 利维坦　为《旧约全书·约伯记》中所说的一种强大无比的海兽，引申为"巨人"或"巨灵"的意思，霍布斯借用它来象征君主专制政体的国家。

第十五章

现代工业生产大发展的福与祸

自从工业革命以来，全球的经济体随着生产量的增加不断地膨胀。大体来讲，世界工业化过程有三次高潮。第一次高潮是蒸汽机的使用，它在煤铁生产、纺织工业上起到了重要作用。各种生产企业的发展，使得欧美工业大国获得了第一次生产力优势。第二次高潮是在电力成为能源，同时汽车、飞机出现之后，运输能力大增，生产也得到了极度扩张、炼钢、化工等各种事业都在市场上占有一席之地。工业生产的产量因此一步一步超过农业生产，全球先进国家基本上都在第二次高潮以后成为工业化的国家。

现代工农业的发展及其副作用

世界工业化过程的第三次高潮发生在 20 世纪。从 20

世纪开始，各个领域都有新开拓的天地，生产量增加了，市场需求增加了，人民的生活也大大改善。更重要的是，20世纪以来，工业化的过程不仅在先进国家之中普遍进行，许多过去是殖民地的国家或边缘地区，也都进入了工业化的进程。

这段时期，首先值得注意的是农业生产的改进。过去，不论东方还是西方，传统农业都是有机农业。当时都是靠天吃饭，顶多是利用水利工程促进灌溉，选种和育种都在有机的情况下进行，肥料也是草灰、堆肥等一些有机材料。20世纪开始，化学肥料和杀虫剂的普遍使用，增加了农业的生产量。以美国为例，19世纪末，美国在各州普遍成立州立大学，赋予的使命是师范教育和工程与农业的教育，尤其是在农业方面，后来所谓的"四健"农业推广计划，是将农业生产技术和市场经济结合为一。农业生产开始大量使用化肥和杀虫剂，也有计划地在实验室进行改种、育种的工作。因此，美国内陆的开发，几乎就是和现代农业发展同步进行的。这种大田农业，用大面积土地，用大量的化肥以及杀虫剂，提高农地单位面积的产量，其生产能力大大超过传统农业。

这种农业改革，不只在美国大面积展开，在其他西方国家殖民地及模仿西方国家的日本都被大力推行。以中国台湾地区为例，日本侵占台湾十年后，在台湾进行了农业改革，引入现代技术，使用化肥，培育优良品种，并且对生产和销售做整体的规划。日本人在中国台湾推动的农业改革，可能是亚洲地区最早的农业革命。

农业改革第二阶段的起步，是在 1945 年"二战"结束以后。"二战"期间发明了 DDT，这是一种非常有效的杀虫剂，本来只是用以控制某些严重的病虫害，后来却意外在农业上产生了极大的用处——几乎田地里所有的虫类，都可以用其消灭。DDT 被广泛使用，十年不到就普及全球，全世界的农业生产都用 DDT 或类似的杀虫剂去除虫害。DDT 等化学药物的普遍和长期使用终于产生了副作用——《寂静的春天》一书出版，就指明因为虫类的消失，鸟类也跟着消失了；成鸟吃了吸收过杀虫剂的植物，它们的蛋就不能孵化，飞鸟竟成为农药的间接受害者。春天不再有虫鸣鸟叫，人类第一次警觉到，因自己的贪婪无知造成了自然生态上的灾害。福祸相依，有好处就会有坏处。今天，杀虫剂、化肥和其他化学药品已和农业都有了分不开的关系。

1950 年以后，人类的农业生产确实达到高峰，许多贫困落后的国家和地区，例如非洲、印度和中国，都因为现代农业有了绿色革命，使得许多人免于饥饿。农业生产数量的充沛是史无前例的。人类的食物来源稳定了，可是，人类也必须面对过度使用化学药品而酿成的灾难。

　　第二个值得注意的是战争期间研发的各种毁灭性武器。德国和美国的科学家都利用原子分裂发明了一种威力巨大的爆炸物——核弹。核弹在日本的两次爆炸，加快结束了第二次世界大战太平洋地区的战争。核能的这一次初试锋芒，就夺走了日本几十万人的生命，城市在迅雷不及掩耳的瞬间灰飞烟灭。人类自相残杀的悲剧，已是史无前例的惨烈。然而，核能的出现也牵动了工业的另一发展——核能发电，为人类开拓了新的能源。人类曾经烧柴、烧炭、烧煤，以此产生热量推动蒸汽机的运转，然后，人类又在火能以外利用水能发电。就在20世纪初期，水能和火能几乎同时用来大规模发电，水电和火电几乎是同步发展的。现在，电力能源的另一次重大发展就是核能发电了。

　　现在全世界最稳定、最可靠的发电能源，还是核能发电，不受气候条件和地理条件的影响，价格也相当便宜。因此像日本、法国，一些缺少天然能源的国家，核能是主要的发电能源。中国台湾地区曾经以水力发电作为主要的能源供应方式，但是现在台湾已经没有足够的水源，因此必须转向核能发电，供应全岛的需要。中国大陆地区的核能发电也在快速发展中。这一能源的重大应用，使许多地方有廉价的电能可用。但是人类也逐渐遭受核能带来的灾难：苏联的切尔

原子弹爆炸后的日本城市

美国的原子弹结束了第二次世界大战太平洋地区的战争，同时也给日本的广岛和长崎两城市造成了史上最大的灾难。

诺贝利❶、美国的三里岛❷，以及日本的福岛海啸之后因核能电厂核泄漏而造成的困境。这一切使我们知道，核能是一个不能从魔术箱里释放出来的妖精，一旦释放出来，它的灾害可能长期无法消除。这又是一个祸福相依的例子。

第三个大量扩张的产业，则是医药业。过去，人类面对疾病只有听天由命，后来逐渐知道对症下药，但不一定能找到真正适用的药剂。20世纪药学的长足发展，使今天的不治之症降到最低。人类经常服用的药类的数量极为庞大，药业是世界上很重要的事业之一。药业研究费用大，生产成本低，但市场价值高，成为有较大利润的产业。今天医药对人类的意义，也是祸福相依——减少了疾病，延长了生命，但是许多药类长期隐伏的副作用，最近也逐渐显现。我们不得不承认，天下没有一种药是绝对安全的。

第四个现代重要的产业，乃是石化工业。石化工业是将石油分解成许多不同的碳类化合物，再将碳类化合物经

---

❶ 切尔诺贝利　1986年4月26日，位于乌克兰北部的切尔诺贝利核电站第4号核反应堆发生爆炸，造成了人类历史上最严重的核电站核泄漏事故，产生的辐射量相当于500颗美国投在日本的原子弹，致使俄罗斯、白俄罗斯和乌克兰许多地区遭到核辐射的污染。

❷ 三里岛　1979年3月28日美国三里岛核电站发生了堆芯熔化事故。该事故对环境的影响不大，对公众未造成辐射损伤，但导致居民不安，社会影响很大。事故后的恢复工作耗资超过10亿美元，20余年内，美国未建新的核电站。

过不同方式的合并，制造出不同种类的塑化物。在今天，我们的日常生活之中，从衣料到建筑材料，从餐具到家具，衣、食、住、行，没有一处看不见塑化物。塑化物的使用，使本来作为能源的石油，有了另一广大的用途。数亿年累积的有机碳，转化成塑化产物。也如前面提到的"祸福相依"一样，塑化物的大量使用也有着两面性——今天，我们也发现了塑化物的灾难：因为一部分塑化物是不会分解消失的，所以我们在制造各种生活必需品时也在不断制造永不消失的垃圾，并将其堆积在身边。有些塑化物，经过加热就会释放出有毒物质，损害我们的健康。塑化物对人体的影响、其累积的伤害，严重性竟不下于药物造成的伤害。

塑化工业的大量扩张，几乎已经代替了过去的许多化学工业，也代替了许多以有机物品做材料的生产业。今天的纺织品，如丝、棉、麻，都已经不能满足人们的需求，目前塑化织物的产量大过有机织物的产量，塑化的材料超过木制的材料，超过了铁制的材料，家家有塑料做的杯、盘、碗、勺，汽车里的座椅都是塑料制品，木材也不见了，钢铁材料也不见了。这些新开发的塑化原料的普遍应用，使得世界上工业化的列强不断地争夺石油产地，控制石油的生产，这又成为国际局势紧张的一大因素。

第五个重要的现代工业是信息工业。"二战"一结束，计算机的雏形出现了。经过几十年的发展，到今天，我们的日常生活已经不能离开计算机和它的延伸物。计算机的使用，使信息的传播一瞬千里。人类从猿进化到人，然后进化到能够书写，再到利用印刷技术扩大信息的所及范围，到发明电话和电报，到今天信息的传播，其速度之快、方便，是史无前例的。

信息工业本身也是知识产品，但是为了生产知识产品，也消耗了不少资源。生产计算机的硬件，以及其他延伸物和各种配件，都要消耗金、银、铜、硅。虽然每个计算机里面使用的金银都很少，但是因为信息时代中，笔记本电脑迅速地更新换代，拥有量又是如此庞大，所以这种贵金属的消耗量已经是相当惊人。

信息工业不仅创造了新的财富，也促成了新的传播信息的方式，使财富的周转比以前快很多倍——过去商场的一次交易，写信来往或电报来往，需要几天，甚至几个月，今天证券市场的交易，从这里传到那边，几秒钟就完成了。证券市场上交易量庞大，也是拜信息业所赐。今天，巨量财富累积，史无前例。有钱人更在快速周转之中，不断地扩大信用，扩大到实支的多少倍以后，可以运用这种信用的膨胀，夺取更多的财富。财富的集中，信用的膨胀和虚假的信用，造成财富分配得极度不合理、不公平。

人类欲望膨胀导致资源紧张

以上几项新兴产业的发展，使得人类的生活舒适了。我们今天在自己的房子里有暖气，能通风，有洗衣机，有洗碗机，市场上有保鲜的食物，出门有汽车——今天大部分平民的生活，比过去帝国贵族要舒服许多，这是生活质量上的改进。在数量上，人类的总人口在20世纪初期，最多十五六亿；21世纪的今天，人口已有七十多亿——一百年下来，增加了五倍多，这是史无前例的增加幅度。于是，人类虽然拥有高产量的农业，但是人口数量之多，食物消耗之多，以及其他能源、资源消耗之多，也是史无前例的。眼看着地球上可用的土地不够了，水源也不够了，甚至呼吸的干净空气也不够了。刚刚讲的那些产业，对于人类都是祸福相依的。此外，人类生活水平不断地提高，造成人类欲望的不断提高，这也是消耗量增大甚至资源稀缺的重要因素。过去，我们过冬只能加厚衣服，生个小火炉；今天，为了我们冬天生活得舒适，世界上发展水平中等以上的国家，所使用的一切设备和消耗的一切能量，都已经超过了过去几千年来加起来的数量。

20世纪是令人振奋的时代。可是，本来充满乐观的现代史，竟逐渐转为悲观。这一时期，人类发展了空前的生产力，累积了庞大的财富，却也要背负人口迅速增长而带来的压力。而且，现代人对资源的消耗量和消耗质量都远远超越过去。许多号称服务业的行业，基本上并不是真正有所生产，等于不劳而获。人类不断追求生活质量的提高，不断提高自己的生产量，也增加自己的消耗量——这个恶性循环，终于使我们必须面对前述能源、资源都逐渐不够的困境。

经济学的凯恩斯理论，认为我们只有更多的消耗才能得到更多的生产。这种浮士德精神❶，以前只是欧洲一部分民族的文化，现在却是全球人类共有的心态——一切要更多、更好、更快、更舒服。人类欲望的增长没有节制，于是，在 20 世纪晚期，我们又陷入了经济的灾难。这个问题我们后面谈。

以后我们还要谈的是，经济问题与列强之间的问题、全球化的问题、经济发展与衰退的问题，以及国际关系的改组问题。这些是我们度过 20 世纪以后，在 21 世纪不得不严肃面对的困境和难题。

---

❶ **浮士德精神** 源自德国著名作家歌德的歌剧《浮士德》，在这里指的是一种不甘堕落、永不满足的追求精神。

第十六章

现代科学理论的重大突破和新的挑战

20 世纪不仅在科学技术方面有惊人的发展，在科学理论方面也有重大的突破。这些突破根本性地改变了人类的宇宙观，也因此改变了人生观。

科学理论的重大突破和面临的新课题

物理学方面，爱因斯坦的"相对论"，在许多方面推翻了牛顿的宇宙观，而且因此改变了天文物理的探讨方向。天文学家由此提出，外层空间上有许多不同的宇宙。多宇宙共存的现象，也是和数学多维的观念相符合的。数学家提出超越四向的多次维度，当然也为天文物理的多维宇宙观提供了重要的方法论基础。我们才知道，地球不过是许许多多宇宙之中，一个小小太阳系里的一颗行星而已。这一宇宙观，全盘地挑战了过去以神为宇宙创造者，而人类是最高级生物的观念。犹太教、基督教和伊斯兰教的一神论，及其衍生的"万物为人所用"的观念失去了说服力。儒家和印度教在这方面受到的冲击比较小，因为儒家的观念本来就是以人与人之间的关系作为考虑一切伦理的基础；而印度教持多元多变的宇宙观念，认为神的力量和自然现象互通，面对新的宇宙观，也不会受到太大的冲击。

　　因为许多宇宙之中有无数的星球，天文学家考虑，是不是天地之间有某一个星球，其生活的条件和地球类似？那些星球上，是不是会有另外一批高智慧的生物存在？于是，"人"在所属的环境及在天地之间的定位，都需要重新考虑了。半个世纪以来，多次外层空间的探险，以及高度电子望远镜的使用，使我们对于这种多维度、多宇宙的新宇宙观念有无限的遐想与期待。例如，"黑洞"❶引起太空物理学家的高度关注。究竟这种"黑洞"是什么？"黑洞"与消耗积累

---

❶ 黑洞　广义相对论预言的一种天体。其边界是一个封闭的视界面，外来物质能进入视界，而视界内物质却不能逃出去，因此，远处的观测者无法看到来自黑洞内部的辐射。目前，黑洞尚未最终确认，但在恒星层次和星系的核心已观测到一些可能是黑洞的候选体。

宇宙某星系中的大黑洞，图中高亮部分是黑洞附近喷射出的物质。

的熵量❶是否相当？ "黑洞" 吞噬了一些宇宙，将来是不是
所有的宇宙都会被 "黑洞" 吞噬？ 这些都是需要回答的问题，
而目前我们的知识水平还不足以建构相对的形而上学。 不
过，无疑我们整个的宇宙观已有了彻底的改变。 三百年前，
近代文明的初步发展，乃是建立在基督教神学的宇宙观基础
上，现在，这一神论、自然律、人类理性的三合一，已经必
须重新思考了。

　　20 世纪的第二个重大突破是在生物学方面。 自从达尔
文提出进化论以后，"进化" 观念甚至影响到我们对人类社
会改变的理解——有许多人主张，人类社会也正在进行弱
肉强食的竞争。 后来孟德尔❷的遗传学，观察到遗传的因
子是如何决定一个族群本身的延续和改变、继承和突破的。
在 20 世纪，沃森❸发现双轨平行螺旋体的结构以后，生物
学家才有方法排列生物的染色体，也因此可以解释许多不

---

❶ **熵量**　1950 年，德国物理学家克劳修斯提出了熵的概念。 熵是热
量的变化除以绝对温度所得的商，也就是热力学系统平衡态的状态函
数。 熵量则是无序程度的量度。

❷ **孟德尔**（Gregor Johann Mendel, 1822—1884）　奥地利遗传学家，
遗传学奠基人。1865 年发表《植物杂交试验》论文，提出遗传单位
（现称基因）的概念，并阐明其遗传规律，后称 "孟德尔定律"。

❸ **沃森**（James Dewey Watson, 1928—　）　1953 年，沃森和物理学
博士生克里克发现了 DNA 双螺旋的结构，使遗传的研究深入分子层
次，从此，人们开始清楚地了解遗传信息的构成和传递的途径。

同的遗传现象。沃森以后，对于遗传染色体的研究越来越深入，于是，专家们对染色体本身的性质就有了更加深刻的了解，而且已能按照沃森的模式排列染色体。

目前，专家和一般人都想知道生命的出现和智慧的出现究竟该如何界定。蛋白质究竟累积到多少的时候，才有自己繁殖的现象出现，这一繁殖现象是不是就是生命的起源？生命到了某一个阶段，都会有知觉和因此而产生的反应，究竟到了哪一个地步，我们可以拿知觉当作智慧？这些都是过去属于宗教范围的课题，而今天却在实验室里面逼得专家们思考。

这一串生物学的课题，是从生物最微小的粒子层面去想，而外层空间的讨论，是从宇宙最大的层面去思考，其大无外，其小无内，两个层面的思考，使得过去宗教教义中提出的形而上学的论述，都已经无法自圆其说。我们也许可以将宗教的教义当作一些象征性的语言。例如，将上帝当作宇宙总能量的代号；智慧和生命的出现，乃是象征这一总能量的代号运作过程的符号。这些符号究竟如何与过去的经典融合在一起，而且言之成理，却是许多神学系统无法解决的难题。

现代文明在启蒙运动时代，是以理性作为基础。然而，今天科学的理性，能否等同于启蒙时代的理性？我们的理性究竟是有限的，还是无限的？我们人类本身的理性，能帮助我们思考得多深多远？凡此诸问，本来就是严肃的问题，又和 20 世纪第三个大的科学突破——计算机的发明纠缠在一起，成为必须思考的课题。

今天，计算机的运算能力，经过数十年的发展，已经比它刚出现时强大无数倍。但是，有没有一天，计算机能够进行启发性的思考，而不只是从储存的资料之中提出一个综合的解答？人类理性的限度在哪里？人类的理性能不能复制？这些问题，逼得我们提出新的问题：理性的定义和人类的理性，是否各有其独特之处。在信息科学发展的过程中，每个阶段都是一个挑战，每一个阶段的挑战都提出更深切的疑问。

新的科学发现要求建构新的价值体系

我们目睹 20 世纪科学在这三大领域的巨大进展，而我们却不再能够拥有 18 世纪的思想家的信念。18 世纪的思想家对人类的理性有极度的自信，而且认为人类发展的方向是永远进步的，人类的前途是乐观的。"进步"两个字就代表乐观。在上面这三大科学领域有了突破性发现以后，我们不能不有所警觉。我们曾经以为，人类的智慧和理性可以推广到极致，但是究竟能推到多远，我们不知道。今天，人类几千年来发展的宇宙观、社会观和命运观这三个重大的哲学命题，都似乎不再能自圆其说。

几个主要宗教神学的说服力，几乎完全溃败。神学家也曾做出种种努力，设法在神学理论和科学发现之间彼此融合。例如，天主教很重要的神学家德日进❶，他提出来神的力量本身就是宇宙不可知力量总体的象征；也提出阿尔法（α）和欧米伽（Ω）开始跟终结本是一个大循环。这一种神学理论在今天只能在少数的知识分子圈中引发讨论，对一般的信徒而言，这些理论却无从理解。

所谓"神道设教"，即是宗教通过设定这一社会的价值系统，规范其行为与人生意义。今天宗教对大多数人类社会，也就是基督教、伊斯兰教所笼罩的超过世界一半人口的社会，如果失去了过去约束社会和个人行为的功能，也失去了提供终极解释的指导，无论个人或群体，都会茫然不知所措。20 世纪的科学，其实已经相当程度地颠覆了那些宗教的理论系统，削弱了它们的说服力。在这复杂的人类社会之中，许多人已经没有可以依循的道德和伦理观念。

---

❶ 德日进　是法国哲学家、神学家、古生物学家泰亚尔·德·夏尔丹（Teilhard de Chardin, 1881—1955）的中文名。他曾八次来到中国进行古生物的发掘、考古工作，提出基督教进化论，认为上帝是进化的出发点与归宿，并贯穿于进化的全过程，这种过程由低级到高级，人类追求的最终目标是"欧米伽点"，即消灭人间隔阂、实现世界统一的终点。

今天的基督教、伊斯兰教都还有相当的宗教激进主义者，谨守着他们教义的一些教条。例如，神创论的理论在许多宗教激进主义者的基督徒心中，和达尔文的进化论有一样的价值，甚至超过进化论。宗教激进主义者的宣教团体，用简单的教条坚持信仰；佛教的一些教派，只是高宣佛号，表达其坚定的信念。科学与宗教之间的鸿沟，已经难以调和。科学的重大突破，竟造成那些宗教与知识的脱节，也造成许多人找不着规范行为和生命依归的价值系统。

20世纪人类在科学上的成就，是在改变人类自己，不仅改变人类的生活，也在改变人类对自己的定位和归属感。人类究竟会走向哪个方向？我们目前不知道。这是一个开放的途径，前面有许多可以选择的路。然而，歧路亡羊，令人迷惑。我们必须面对这些困惑和疏离，努力根据科学已指出的自然现象背后的规律，尝试建构相应的价值系统和人生意义。

人类文明及科研中的破与立

我们不知道能不能找到真正的科学解答，也许科学最后的解答又必须回到形而上学，而不是一个实证科学本身获得的陈述。这一巨大的问号悬在我们人类社会对知识的探讨上，终究不能抹去。也许，我们还必须承认，今天科学的发现还未必就是真理的全貌。例如，瑞士进行的一个高能物理的实验，竟然找到一种粒子，其运动速度超过了光速，以致对爱因斯坦几乎已成定论的相对论——光速是最高速度这个命题，提出严峻的挑战。又如，一个高能物理的实验，尝试"捕捉"所谓"上帝粒子"❶。为什么用上帝的名称来称呼这个极有自主力的粒子？那既是对物理学、天文学重大的挑战，也是对宇宙的起源提出新的假设。另一例子，生物学中染色体的改变，究竟是因随机的改变而产生的突变，还是突变本身也有规律？假如突变有规律，它为什么叫突变？这规律出现在哪里？这又是对遗传理论的重大挑战。

1945 年前后，德国的思想家雅斯贝尔斯 ❷ 提出，人类文明的起源是在佛陀、孔子、希腊哲人和犹太先知的时代，也就是在公元前八百年至公元前二百年之间。由那个时候各地区的人类社会，一步一步实现文明的突破，最后一个突破，则是现代文明的出现。雅斯贝尔斯又提出，20 世纪种种的改变，正是走向另一次大的文化崩溃，文化崩溃之

---

❶ "上帝粒子" 是 1988 年诺贝尔物理学奖获得者莱德曼对希格斯玻色子的别称。希格斯玻色子被认为是物质的质量之源。这种粒子尚未在实验中观察到，是理论上假定存在的一种基本粒子。

❷ 雅斯贝尔斯（Karl Theodor Jaspers，1883—1969） 德国存在主义哲学家、神学家、精神病学家。

后，又将出现新的突破。他预言这个突破，将使人类进入科技文明的时代。从以上的讨论，雅斯贝尔斯所说的重大崩溃，确实在 20 世纪出现了。21 世纪，我们是否会目睹一个科技文明的新人类社会呢？这又是一个历史上重大的命题。我们面对的难题是：突破和崩溃这两者是如影随形的，崩溃本身是不是就是突破？破和立之间的关系，究竟是哪一个先？从 20 世纪的发展来看，是先有了立，才造成了破，破和立之间，并不是一个代替的关系，而是一个逻辑的开展。这也是我们在历史学上必须面对的重大难题。

总结起来，20 世纪是令人兴奋的世纪，但也是令人迷惑的世纪。我们知道了很多新的事物，但是新事物的出现，并没有清楚、具体地回答历史留给我们的许多问题，却引出了更多的需要回答的问题。也许这就是人类的命运，我们必须永远追寻和永远失望——失望，才能把我们引向更多的追寻。

第十七章

20 世纪全球经济体系的形成

20 世纪下半叶，苏联解体、中国转型以后，真正不属于世界经济体系的地方已寥寥无几。各地的经济发展，已经在全球化的趋势之下结合为一个大网络。因此，我们在本章讨论的第一个现象就是经济全球化。

全球化改变世界的经济格局

自从发现新大陆以后，全球化已经迈开第一步。19 世纪资本主义的高度发展，经由帝国主义的扩张而普及全球，那是全球化的第二步。"二战"以后，一个整体的全球经济体已经成形。不过，由于有社会主义和资本主义两大阵营的竞争，这两套市场机制和经济发展的机制，不能融合为一个完整的大网络。苏联解体崩溃和中国改革开放后，中苏这两大经济体也就融合在市场经济的大网络之中了。

20世纪末期建立WTO的国际协议，就是要努力取消过去国与国之间的关税壁垒和经济体之间的隔离发展。

在过去，每个国家的经济体都保持相当程度的独立。用一个比喻：全世界各地就像许多独立的水桶，每一桶水的水面有高有低，WTO成立，把所有水桶的底部都用管道连接，彼此互通。于是，劳力便宜的地方成为生产基地，购买力大的地方成为消费市场。本来只在国家内部的产销分配，转而成为全球性的产销平衡。

三十年前，第一拨提供劳力的基地，就是爱尔兰和"亚洲四小龙"——韩国、新加坡、中国台湾地区及中国香港地区。这些地区以廉价的劳力发展代工，将工业化国家的一部分作业移过来，为它们生产组件或零件。紧接着，"金砖四国"——中国、俄国、印度、巴西，也进入劳力市场。在这些地区，土地和水资源的获取有更多的余地。20世纪的晚期，本来高度工业化的国家，比如"G7"❶，有一半以上劳力密集型的产业，都转移到这些具有发展条件的地区。"金砖四

---

❶ G7（Group of Seven）即"七国集团"，亦称"西方七国集团首脑会议"。是七大工业国美、英、法、德、意、加、日为研究经济形势、协调政策而举行的首脑会议，始于1975年。是现在八国集团首脑峰会（G8）的前身。

20 世纪 40 年代生产棉衬衫和纱丽材料的印度工厂

在全球化进程中，中国、印度等地为全世界提供低廉的劳动力。

国""亚洲四小龙",还有土耳其、中南美、东南亚等地区都是被瞄准的目标。"亚洲四小龙"更成为中间层的转移据点,将代工市场扩散到其他地区。

世界工业生产版图改变的后果是:产品的价格相对降低,消费市场的消费力增加,区域之间的贸易相当频繁,以至彼此互相依靠,难以分割。产销联系的网络终于编织成形。这一工业生产扩张的情况,也带来一些不可逆转的损失。那些农业国家或工业化程度较低的国家,它们的土地、水等天然资源迅速转化为工业生产之用,使用之过度,消耗之庞大,造成环境的严重污染和自然资源的大片毁损,这都是经济发展的代价。在18世纪至19世纪,工业先进的国家,如英国、美国,开始发展近代工业时,也曾经历过黑烟弥漫和水源污染的后果。不过,现在这些新兴的工业国家和地区,由于发展迅速,规模巨大,所承受的灾害比18世纪更严重。全球的工业生产量增加,直接导致生产地被加速开发,而在其他没有工业生产的地区,其蕴藏的资源也被加速发掘开采。例如,中国内蒙古的铁矿开采已完全改变了当地的草原景观。

工业化带来了城市化。本来分散居住在农村的人口,逐渐转移到城市,或者,在工业化的地区又形成新兴的都市。以中国台湾地区为例,经过三十年的工业化,全岛已形成一个大都会区,农村已经基本消失。

这些提供劳力的地区，吸引了许多劳力密集型的工作。原本工业化的地区，必然面临劳工的失业。以美国而论，那些熟练的技术工人无业闲置。美国和西欧各国的工资，不可能再回落到中国、印度的工资水平。劳工失业已是非常严重的社会问题。今天，在这些高度发展的国家，工作的机会只存在于高科技、金融和各种服务业。服务业，即第三产业，基本上不算是生产具体产品的事业，毋宁说是承担了消费一端的功能。服务业不会为社会增加生产能力，这些本来因生产而富有的国家，于是日趋贫穷。

生之者寡，食之者众——穷困在所难免。就前面说过的比喻而言，许多独立的水桶的底部一旦连接，原来水桶里水面高的必然降低，水面低的就会逐渐上升。考虑到人口因素，即使依仗大量劳动力获取收入，如中国和印度，因为收入必须由众多人口分摊，水面的上升还是会相当缓慢。高水面的国家，如美国及西欧各国，由于消费能力还是习惯性地维持在相当高的水平，因此，它们整体经济的下降反而会非常迅速。一升一降之间，富国向过去的穷国欠下许多的债务，这就是目前欧洲和美国正在承受的已经长达五年的经济衰退。这些国家终究是世界工业的火车头，它们的经济衰退对全球经济网络的冲击非常大。

信用膨胀是泡沫经济的起因

　　20世纪的第二个经济问题是信用的极度膨胀。人类发明以货币代表交换的价值，其本身就是信用的象征。使用货币终究有所控制，发行货币的中央银行，能够约束货币的发行量，以控制、消弭通货膨胀的弊病。20世纪下半叶，信用卡出现，由此发生的信用膨胀，则是一种新的现象。我们日常生活之中的信用卡，前身是一种信用状。银行或任何金融机关都可以发出信用状，给予信任的个人或单位。持信用状，取得需要的借款，由这个发出信用状的金融机构代为偿付，这个持有信用状的人，将会加利奉还发出信用状的金融单位。这种信用状，通常是商家互相融资，或是远道汇兑功能的代用品。

　　第二次世界大战以后，由于先进工业国家经济发达，即使是中产阶层，在别的国家也许已算是富翁。这些人的消费能力极为强大，为了方便他们消费，就出现了随身携带的信用卡。战后第一次出现的信用卡是餐饮卡（Diners card），不久之后，现在通用的美国运通卡（American Express）也成为信誉卓著的信用卡。持卡人可以先消费，然后偿还对银行欠下的消费额；银行也可出具预付信用卡，有一定金额限制，但用完可以随时补充进去。信用卡与预付信用卡使用非常方便，不到十年，信用卡已成为日常生活中普遍使用的事物。各个银行都可以发行信用卡，而持有信用卡的人，也不再是具有特别信用的客户。今天，几乎人手一卡，都是先用后还，还不起时，支付一点利息就可以拖延很久——这就是一种信用膨胀。信用卡代表的购买力，比实际货币信用的总量庞大许多倍。今天全世界的市场消费，信用卡占了绝大部分。

第二种信用膨胀是国家或大公司所采用的，也就是发行公司债券，用公司债券来吸收民间的储蓄款，其实就是国家和大企业利用债券，预支了五年、十年以后的金融头寸。第三种更常见的信用贷款，当然就是房屋贷款或购车贷款——以分期支付本息和的方式，采购贵重物品，包括房屋、汽车和其他昂贵的物品。例如，购房贷款期为三十年，三十年贷款到期时，贷款人实际上已经支付的价款，可能是房价的一倍半甚至两倍。购买一辆汽车，以三年贷款方式，三十六个月支付的本息和，也就是三年期满所支付的总车款，实际上相当于汽车价值的两倍多。所有的购买者都成为长期负债的债户，寅吃卯粮，将本来不存在的购买力提前到今天使用。

信用膨胀还包括大公司向银行的贷款，也包括一般老百姓购买的寿险、医药险等。于是，市面上真正流通的信用价值，要超过货币本身数量无数倍——这就是所谓经济泡沫的成因。庞大的购买力刺激了庞大的生产力，支撑庞大生产力和庞大购买力的支柱，却是空洞的承诺和预支的几年后才可能出现的财力。

产权分散孕育了不可约束的"巨兽"

20世纪经济发展的特色之一，也是资本主义国家经济结构的新现象，则是产权的零碎化，也有人称之为产权的革命。这一变化造成了资本主义本身经济结构的极大危机。现代的资本主义经济，有一个重要的支柱，就是有限责任公司的制度。有限责任公司是一个财团法人、投资的股东分别拥有这个财团法人的若干股份，共同拥有公司的产权。投资者作为股东，为了保护自身的利益，应当对财团法人的所作所为有一定的控制权。19世纪，财团法人都是由为数不多的股东组成，也有的是以家庭成员为主体，吸收许多外面的亲戚朋友来购买股份，然后共同运作。但20世纪下半叶，由于证券市场的发达，一家公司股票上市，就成为证券商品。任何人支付一定的价格，就可购买一份。股权持有人有权参加股东大会，参与决策——即使是小股东，如果集合到相当数量的股权，也能对公司的运作有一定的控制力。

20世纪下半叶，因为证券市场的活跃，各种产业的公司都努力吸收民间的游资作为营运之用，于是，出现了所谓的互惠基金。购买互惠基金的人，实际上可以持有许多股权中很小的比例。这个互惠基金可以持有许多公司的若干股权，再分割成几千分之一、几万分之一，把这些比例

"华尔街铜牛"，一名美国青年脱下上衣对着奔牛，摆出"斗牛士"的架势。（李振盛摄影）

20世纪后半叶，华尔街因集中了多家重要金融机构而成为美国金融和投资高度集中的象征。

微小的不同公司的股权组合在一起，出售给互惠基金的投资人。这样安排，股权不仅非常分散，而且时时改变。互惠基金可以在证券市场上交易，投资人今天持有的互惠基金股权可能和昨天持有的不一样，证券市场交易时时刻刻在变换，没有一个人知道自己持有哪家公司多少份股权。股权分散而且不定，其后果是，股权的持有者消失于无形，公司运作完全由经理人主持。当然，名义上董事会还存在，其实反而是由经理人操作，安排的董事人选实际上对经理人并没有真正的控制权。经理人可以有机会全权决定一个公司的经营方向和策略，无人监管他们的行为是否恰当。十年前，美国的"安然公司事件"❶爆发，大家才看到，公司经理人有着无可约束的权力，滥用公司资金自肥。最近五年来，全球性的经济恐慌令大家发现，还有许多比安然公司更不堪的案例发生。

经理人滥用权力，扰乱了经济秩序，毁伤了经济行为上必须有的自我约束和规则。于是，在最自由的市场经济国家和地区，例如美国和西欧，庞大的企业单位已经是无

---

❶ **安然公司事件**　安然公司原是世界上最大的电力、天然气以及电信公司之一，拥有上千亿美元资产。2002年，因持续多年精心策划，乃至制度化、系统化的财务造假丑闻，导致其几周内破产。"安然"已经成为公司欺诈及堕落的象征。

人约束的巨兽。再加上全球化现象的扩大，没有一个国家的法律能完全管束到这些庞大的企业团体。

经济全球化、信用膨胀和产权的分散，这三个现象合在一起，今天的经济秩序已经不是过去任何经济理论可以解释的了。这一全球化的经济体，其自我运作的动力极为强大，但国家和社会都没有办法控制这一巨兽的冲撞。现代文明体系之中，市场经济，尤其资本主义市场经济，本来是一个很重要的成分，当这一成分变成无法拘束的巨兽以后，其所寄寓的现代文明体系，已经走到崩溃的边缘。

更可怕的是，在这一经济现象的基础上，一些庞大的企业利用它们巨大的影响力，反过头来操纵政体，使政治权力及国家权力变成金钱的附庸。在18世纪资本主义开始全速进行的时候，资本主义的市场经济挟其相应的巨大生产力，在全世界范围内扩张，同时也将近代文明带到全世界。这一原本正面的现象，现在居然反过来残害了近代文明本身。

第十八章

全球经济发展对社会政治和信仰的影响

第十七章谈到的全球性的经济扩张，对各种不同的地区，都有相当大的影响。

经济发展导致社会结构的改变

原来高度工业化的地区，由于新的产业要求的技术水平高（有的产业甚至已经实现全自动化），以及许多产业转移到劳动力丰沛的地区，于是，本来就业率比较高的工业国家，劳工大批失业。这种情况造成的高失业率，很难再往回调整，因为劳力的需求结构不一样了。

在这些高度工业化的国家，尖端的企业需要大量的资金，因此，产业的发展和资金的供应是相配套的。其后果则是：产业本身能够赚取充分的利润，而且产业的资金经常是经由证券市场累积了许多人的投资所得，产业的经营者赚钱了，投资者却只能分到微小的红利。

经营致富的是产业的最高层——投资大户和经理人，他们乘潮而起，赚取了巨额的财富。于是，近年来，在高度工业化的国家，都呈现贫富差距较大的情况。以美国而论，现在美国 1% 的最高层人口，拥有全国财富的 40%，余下 99% 的人口，却只能共同拥有 60% 的财富。处于全国最下层的那一批人，实际上已经陷落在贫困线以下。极端的贫富差距，将本来财富分布的金字塔，变成了一个平而大的底盘，在此基础上向上收缩出一个细杆，呈现出喇叭形，而最高层则是那条细细的长杆。这种喇叭形的经济分配结构，当然会造成社会的不稳定。

同样的情形，也出现于劳动力密集的地区，这些地区的贫富差距也非常巨大。但是，由于工业化国家的劳动力昂贵，迫使企业将生产环节中劳动力密集的部分，转移到劳动力丰沛的地区。这一举措为这些地区提供了许多就业机会，让本来没有加入产业阵营的农业人口，获得了新的就业机会。整体言之，这种劳动力充沛的国家，在这轮经济全球化的浪潮中，竟获得了意外的利益。只是，国内贫富差距太大，也一样造成内部的不稳定。

在高度工业化的国家，产业本来是分布在若干大的工业地区——那些大城市地区通常是产业最集中的地点。在新兴的工业国家，外来产业的迁入，往往也是先在大城市发展。
接下来，大城市地区的劳力、土地和相关资源已被使用到极
限，不足以应付需要，于是次级城市、内陆城市也都因为工
业的迁入，逐渐发展成新兴的大城市。高度工业化的国家已
经是高度城市化了；新兴的工业国家，因为工业分布的扩散，
也迅速走向城市化。以中国、印度、巴西为例，在最近几十
年来，城乡人口的对比已经有极大的改变。整个中国台湾地
区，实际上已经变成一个大的都会区；而在中国大陆，长三
角、珠三角已经成为人口相当密集的都会区。

　　城市化的结果，使得这些新兴工业地区的社会，不再
是城乡对立，而是逐步倾向于普遍的都市化。在文化发展
方面，都市化的发展过程，当然也整体地改变了当地的文
化面貌。

　　20世纪，全球迅速的工业化，引发了横向的人口迁移
和纵向的社会变革。那些社会变革本来相当顺畅的国家，例
如，美国、英国、法国、德国，因为财富分配越来越不公
平，竟出现了社会流动的减少和停滞。以美国为例，假如人
口的结构以财富而论，可以分成十个层次：最上面10%的
人群聚集了大量的财富，而且可以延续好几代，他们下降到
贫穷的概率几乎已经不存在；最下面的，有20%～30%的
人口，因为教育费用的高昂，他们的子女很难获得良好的教
育及上升的机会。社会地位的纵向升降，基本发生在中段的

人口，两端人口不太变动；中段人口可能由于财富分配的不
均匀，很容易就滑落到底层，造成中产阶层整体的萎缩。对
于美国这一类国家，这种现象是非常可虑的趋向。许多人不
再梦想美国是一个有自由发展机会的地方。所谓从小木屋到
总统府，从小贩到公司老板，这种美国人引以为傲的"美国
梦"，逐渐成为不可能实现的神话。

在新兴的工业化国家之内，纵向的变动却非常剧烈，
个人发展的机会多，只要取得某种资源，就有一些人会很快
致富。但是这些地区的社会结构和并不公平的资源分配方
式，不能创造良好的环境、孕育一个稳定的中产阶层。升
降波动迅速，使若干人很快致富，其中有人掌握特权，成为
新兴的富有阶层，也有些人在激烈竞争的过程中，很快沦入
贫穷阶层。社会变动的剧烈，在这种情况下并不一定是好
现象，必然的后果是社会不安定。

上述现象导致了更严重的问题——社群与小区的解散。
即使在高度工业化的国家之内，当社会变动并不十分剧烈的
时候，小区有一定的稳定性，也有若干相对稳定的社群，例
如工会、宗教团体，使参与者不致感觉孤单。一旦中产阶
层逐渐萎缩，这些人沦入低收入的人群之中，他们原有的
小区，比如说美国的郊区，就会在无形中减少，最终消失。
那些以教会为中心的社群，或是以职业为中心的社群，也因
为中产阶层本身的结构改变，慢慢失去维系成员的力量。

在新发展的工业化国家之内，流入城市的农业人口在茫茫人海之中是孤单的，还没有新的社群接受这些流散人口，使之结合为可以互相依靠和帮忙的群体，当然更谈不到稳定的小区了。进入城市的劳力，其原来农业地区的家乡，少壮已经离开了，剩下的大多是老弱，小区不再有足够的骨干人口维持其稳定性和整体性。

全世界不管是原来的富国，还是新兴的富国，都在经历人口重组和离散的过程。这一过程中许多单独的个人，他们的内心经历着不安和焦躁，有着无所适从的郁闷感。大都市中，聚集了大量人口，一有事端，一呼百应，成千上万的群众就可形成庞大的群众运动。近年来，美国的民间出现许多群众运动，例如，"占领华尔街运动"❶，虽有其本身的背景，却也反映了社会整体的不安和焦躁。

金钱的威力已经渗透了政治权力

经济因素的重大影响，不仅波及社会生活，也波及政治行为。现代文明滋生的两种制度——资本主义和社会主义国

---

❶ **占领华尔街运动**　2011 年 9 月 17 日，上千名示威者聚集在美国纽约曼哈顿，试图占领华尔街。他们通过互联网组织起来，意图是反对美国政治的钱权交易、两党政争以及社会不公平。抗议活动逐渐升级，后成为席卷全美的群众性社会运动。

家体制，前者注重个人的自由发展，后者强调集体的公平分配。两大阵营长期对抗的同时各自又都有相当程度的修正和改变。资本主义国家以美国、英国、德国为例，都已经走向社会福利国家，政府已经负起相当大的责任，照顾人民的生活。相对言之，国家公权力也就深度介入人民的日常生活。社会主义的国家，在"苏东波"和中国的改革开放以后，都有巨大的变化，市场经济已经成为常态。然而，国家公权力的强大，还是非常显著。至于中南美或中东的国家，其实都谈不上社会福利，也谈不上完全自由的经济。但这些地区的强人政治，也都利用国家公权力，严重地介入人民的生活。

最近二三十年来，由于经济发展不断扩大，其影响所及已经侵入政治领域，金钱的威力影响了政治权力。美国、英国、德国、法国的民主制度，尤其在逐渐走向社会福利国家的过程中，对私人的经济行为本来有相当的约束和节制，在经济力量强大以后，经济力量反客为主，成为干预政治的一个黑手。

以美国为例，大概从20世纪60年代开始，总统的选举采取了商业广告的手法，包装候选人的形象。已故的肯尼迪总统的当选，在美国总统选举史上是一个划时代的里程碑。从那时开始，全国性的选举或地方选举，都需要有大量金钱的支持，选举也要利用许多经济策略，例如前面所说的包装手法，或者采用投放某些利益的方式，以获得

1960 年肯尼迪夫妇在纽约曼哈顿街头游行的照片

肯尼迪的当选，是美国总统选举史上的里程碑。

选票。从 20 世纪 60 年代到今天，经济力量对政治权力的干预越来越强大。到今天，不仅是总统大选，实际上，各级的议员选举和县市级长官的选举，都有无可抗拒的经济利益作为猎取选票的动力。在台面上的政治人物，或多或少成为某种经济利益的代理人。钱和权的结合，剥夺了一般平民百姓选择的机会。金钱掌握了媒体，创造了形象，也包装了他们的理论，老百姓难以选择，也难以判断其中的优劣和真相。共和党的初选，至少有两位候选人，从失去议员身份退出议会后，立刻就成为某些商业机构的代理人，帮助他们游说，帮助他们获取有用的信息，使这些商业机构得到政府的补助或授权，在商业竞争中占据优势。

这种现象，在今天已经如家常便饭。不仅高度工业化的国家有这种现象，正在工业化进程中的国家，由于法律体制不够完备，这种"钱"与"权"的结合更为普遍：政治成为旋转门，进入政治职位就成为商业利益的输送者，离开政治职位，就成为商业利益的代理人。既得的利益可以延续到第二代，也可以扩大到一个集团。因此，全世界的民主制度，实际上都已经在这几十年大受损害，丧失了民主政治应有的纪律，也剥夺了选民理解政策和选择方向的权利——民主政治实际上已经败坏了！

以今天美国的政治为例：参议员、众议员、各州州长，很多已经是世世代代传承的世家人物。政治利益和经济利益的盘踞，使得这种钱和权的结合特权被少数人垄断。回顾启蒙时代的理想，选民可做自由的选择——选贤与能，选择最好的政策方向，这种情况在今天恐怕只是一个褪色的记忆而已。各国的政府确实都在做某种程度的社会福利工作，但每次在政权转换的时候，为了要讨好人民，很少有政权不是在获取政权的过程中，凭借社会福利和其他设施照顾，以获取百姓的欢心，而罔顾其代价昂贵，不是政府财力能够负担的。这种财政漏洞越来越大，到了今天，很少有国家不在背负巨额的福利开支和庞大的政府结构中运转。这两项开支，以今天各国政府的预算来看，都已经不成比例，而其中的浪费，更是无可计算。因此，金钱和权力的结合，使得民主制度不仅扭曲了原来的理想，毁伤了人民的寄托，而且所有财政上的负担，最后还是转嫁到人民身上。今天，许多国家收支不能平衡，不得不寅吃卯粮，使全国人民负担巨大的债务。经济恐慌固然是全球性的，而就个别国家而论，其经济的崩溃和衰退，都和收支不平衡有严重的关系。

精神空虚是近百年来人类面临的危机

如前面所说，经济因素造成人心不安和焦躁，而政治权力固化造成人民和权力持有者之间的疏离，这使得人在乱离困惑之中，惶惶不知所措，要寻求精神上的安身立命之所而不可得。

讨去那些宗教信仰或思想体系，已大多式微甚至崩解，正如前面有一章所说，现代科学的进展，以及全球化之后文化与文化之间的碰撞，已经使得所有的宗教都面临以前从来没有过的严重危机。以神学为主的理念，尤其是单一神信仰的基督教、犹太教和伊斯兰教，它们论述的依据，都很难自圆其说。这些宗教系统都在萎缩——过去的信徒，有些离开信仰，有的盲目地依附于教条和口号。

那些以人文为本的思想体系，例如印度和中国的传统思想体系，却又在近两百年被西方思想压倒，它们的文化传统充满生命力。发展这两大思想体系，不仅是修补，而且还必须吸纳和融合现代文明的精华以自我提升。建构一个贯穿古今、融合人我的文化体系，乃是非常艰巨的大业。

今天，全世界的芸芸众生在思想和灵魂两方面都是空白的。有知识的人，渴望建立超越的价值观；一般大众只知道自己无所归属，却不知道如何重建。这精神上的巨大空虚，是近百年来人类面临的严重危机。

人类创造了文化，不是只为了吃饱穿暖，不是只为了满足生存的需要；人是有灵性的动物，人只有找出许多超越性的价值，安顿自己的身心，稳定自己的社会，才能面对个人和集体的种种困惑与灾难，才能面对这巨大的自然，做出最适当的协调和欣赏。经济因素的扩大，虽然不是使今天之世界发生如此巨大转变的唯一条件，但是，经济力的影响却是非常深远的。

总的来说，到了 20 世纪下半叶，全世界的人类一方面走向全球化，融全球为一家；另一方面在科学和技术上迈出大步，取得可喜的进展，然而，在经济、政治、社会这三个方面，却都面临无所措手的巨大困难。21 世纪走过的前十年，我不仅没有看见全面的解决方案，反而看见更多的混乱。我们个人生活的舒适度虽然已经远胜于祖先，却又产生更多的欲望。追逐欲望，永无止境。我们过着非常舒服的物质生活，但我们不知道自己该想什么，也不知道自己该做什么。为了满足更多的欲望，我们势所难免地彼此争夺，互相冲突，而且浪费和消耗巨量的资源，使得我们的家园地球，终于不能支持我们无限扩大的需求。然而，我们的心灵却是空虚、寂寞和无助的。下一步，人类会走到哪个方向？如果我们不做出正确的选择，不调整前进的方向，大概会在这无底深渊，越陷越深，以至在全球无限的物质欲望和压力下，最终丧失自己，人类将成为只是拥有巨大生产力和高度科技能力的猿猴。

人类下一阶段的文明应当是科技挂帅的文明，如何从科学和技术的发展上寻找新的超越价值，是我们每一个人都要努力思考的。在互相沟通之后，做出各种文明的整理和融合，也许我们才能柳暗花明，开始新的道路。

第十九章

进入现代文明之后人类价值体系的重建

这是最后一章，总结前面所说的近现代文明的转变过程。如第十八章所说，目前全球性的经济萧条，是一个不可忽视的现象，可能意味着现代文明面临着严重的困境。

经济危机引发全球困局

近代文明的主要动力，乃是来自经济层面，亦即在工业革命之后，近代社会获得的巨大的生产力。经过二百年持续的成长，近代经济极度扩张。经济动力本身发生了问题，当然会牵动全世界各处的秩序。

关于经济困难本身，前文已有陈述。目前可以看得见的困难是，经济极度扩张以后的泡沫破裂，造成经济迅速萎缩和失业人数增加，这两个现象都会牵动社会的不安。

欧美各国都在努力挽救颓势，它们所采取的方略，有的是用刺激性的扩张，使得经济可以经过跳电而回升；另外一些则以节省和紧缩来制止经济进一步的衰退。这两个方面哪个能够生效，还有待观察。

牵动世界各处的秩序，却是值得注意的问题。在政治方面，无论是民主国家还是集权国家，都发生了金钱和权力的结合，也就是金钱腐蚀了政权。民主制度本来有自我监督的功能，可以靠法律和选票来矫正贪污腐败的现象，但现在的病相似乎已深入膏肓。在舆论媒体也被金钱收买以后，民主政治选民的自觉性相对地减弱，使得民主政治几乎已经失去了自我矫正的功能。集权国家当然也有同样的问题：权力集中在少数人手里，不管是军人或是政团，可能更容易受金钱的引诱而被腐蚀。

在社会方面，一百多年来，迅速进展的城市化使得农村人口快速减少。以中国为例，过去有大量的农村人口，可是现在，却已有超过一半进入都市。欧美各国的城市化更早，也更彻底。过去小区和社群的结构都已经碎裂，在都市的茫茫人海中，个人迷失其中，四周都是人群汹涌，但是没有可以依靠的亲人和朋友。如前几章所说，目前世界各处大规模的抗议运动，如美国、欧洲的中产阶层知识分子的占领运动，如果没有都市中这么多的人口，很难这么快就动员上百万的群众，参加如此大规模的运动。这些运动都反映社会本身极度的不安和焦躁，他们要寻求解决问题的方案，但看不见出路在哪里。这些运动大多都没有得到明确的结果，只是引发骚动而已。

各国都发生共同的现象：贫富悬殊，造成了愤怒；社会流动停滞，使得社会逐渐有了两极化的现象，包括个体在社会中的地位和影响力都是如此。这些都是社会正在面临崩溃的迹象。所以，经济恐慌造成的后果，使得政治、社会都面临同样难解的困局。

现代文明是否已经没落

这些问题的症结所在，我们必须认真地思考：是不是现代文明已经处在没落的阶段？从启蒙时代开始，现代文明坚持的中心价值，是理性和人权。因为注重理性，所以寻求一个合理的政治制度和一个能够自我矫正的经济制度。因为要寻求理性，所以在科学方面有了可观的进展。因为追求理性，我们认为一切事情都可以在合理的讨论和试验之中逐渐找到答案。

但是，到今天，"理性"本身，似乎仅仅是一个无根的观念。在欧美基督教世界，"理性"原本是根植于人和神之间直接的关系，上帝赋予人类人权和超越其他生物的智能。现在，基督教信仰式微，在失去神圣秩序的保证之后，剩下的只有原教旨派的口号，而缺少深刻的思辨。理性已经无所依附，剩下来的就是理性另一端的实用价值。于是，科学的进展已经不是在追问宇宙秩序和宇宙意义，而是在追寻利润——从新的科技上发展出来的利润。科技得来的知识可以转化为金钱，而金钱又可以转化为权力，尤其前面提到的政治权力。科技知识的应用，逐渐集中在有利可图的若干项目上。欧美学术界罕见有人追问有关终极关怀的大问题。

　　而在东方，不论是中华文明还是印度文明，终极关怀本来就是根植于"人"。儒家关怀人性和人本；佛教关怀的也是人在宇宙中怎样安顿自己。由于强大的西方文化的侵入，东方的几个文明系统都处于叔季❶，难以抵拒。一百多年来，东方各地只是接受了工业化和现代的市场经济与相应而生的城市化。西方文明中最可贵的价值——理性、人权和科学，却没有在东方扎根。虽然在东方曾有一些人产生过复古的愿望，但寻找过去、界定过去、整理过去及重建过去的整个工作，却仍旧有待落实。也是在东方的伊斯兰世界，以信仰为主要关怀，经过长期屈辱后，诉之以报复的暴力行为，则是另一个极端。

　　整个世界，处处呈现的情绪乃是虚无和冷漠，这成为人类当前文明的主要征象。虚无和冷漠，无助于重建终极

---

❶ 叔季　叔世与季世，指衰亡之世。

关怀。如果终极关怀也不过是一片空白，我们不知道人为什么活着，也不再问人如何跟别人相处，当然也更不知道整个宇宙与"人"的关系在哪里。没有这些重要议题，也不在乎如何回答，我们的人生就没有了方向，也找不着真正活在世界上的意义，更无法解决生和死的困扰。

欧洲启蒙运动的精神源泉还有古代希腊文明一脉，其中又包含科学与哲学的理性部分，和追逐感官愉快及成就的酒神崇拜和奥林匹亚精神❶。后者延伸为积极进取、莫知其极的浮士德心态——人的一生努力追寻更多、更好、更强大。人和"天人""生死"这几个重要的项目，在西方没有答案，也不会有人提问。在没有答案的时候，人生就只有追逐最眼前的东西，就是舒适的生活，以及维持舒适生活的金钱，这个大概是经济扩张最根本的原因。

以科技为起点重建生活伦理

要如何重新收拾现代文明的摊子？过去一二百年来，各处都有人做过努力。社会主义提出公平合理的分配，是

---

❶ **奥林匹亚精神**　在希腊神话中，凡是通过不懈的努力，不断地向困难挑战，向自身挑战，最终冲破自我的牢笼而取得胜利的人，众神会送给他一个光荣称号：奥林匹亚人。这种精神就称为奥林匹亚精神。

一个寻求解决的方案。但是在发展过程之中，社会主义的管理模式呈现出权力过度集中的趋势。而在自由发展的一端，自从社会福利逐渐成为国家的责任以后，确实使贫穷无靠的百姓可以得到喘息的时间，但是个体的百姓，也不得不受到强大公权力的控制。

　　这两次尝试的矫正工作——尝试在现代文明发生难题的时候，努力弥补缺失的方法——都有一些成效。然而，这两项努力，都没有触及问题的根本之处，没有在重建终极关怀的领域上有所着力。我们如果要预测未来世界的情况，看得最清楚的部分乃是：科技还会有更多的发展。科技已经取得了不断进展的动能，如果未来文明是以科技为主轴，我想科技本身就可以作为重建终极关怀价值的起点。

　　科学技术是要从实验之中取得真实，这个过程一定是从思考、假设、验证到证实，不断地反复这一整套思考程序。其中，有两点是必须注意的：第一，不能说假话。虚假的假设，不能靠虚假的实验来支撑，虚假的实验要支撑虚假的假设，这是自欺欺人，不会有真正的进展。第二，在验证假设中，不能固执不变，任何假设都要屈服于验证的工作，也就是必须有容纳另一种可能的胸襟和抛弃旧途、另辟蹊径的勇气。这些科学研究的职业伦理，就可以延伸成诚实求真、勇于改过的生活伦理。

　　今天科学关心的领域，大到外层空间的研究，小到细胞核的研究，正如我们前面所说，层层相叠，每一个层次都是一个网络，网络之中各部分互相依靠、互相支撑，彼此间的引力撑住了系统本身的存在和运行。而且，大系统包含小系统，小系统又串小系统，层层相叠的层次，每个层次和另一个层次之间也是互相牵制、互相支撑，没有一个系统能摆脱另一个系统而存在。任何一处的改变，都牵一发而动全身，不管是横向的网络或纵向的重叠，都会因为某一变动而牵动整体均衡的全局。从这一意义上看，人类社会本身是大宇宙、小宇宙层叠之中的一部分，而人类社会也属于这个宇宙的某一层次。每一个个人既然是举足轻重的个体，也会牵一发而动全身，引发一系列的多米诺骨牌效应。

有了这番理解，我们就可以认为：在这大小宇宙之间，在人类网络之间，个人有其存在的价值。个体的变动会引发全体的变动，"人"在宇宙中有其不可代替的重要性。这种自觉，能够帮助我们从科技领域的知识，建构人类全体和人类个体的自我肯定。我们珍惜自己的存在，也必须对自己的行为有所约束，庶几，人类网络本身的均衡和和谐，不会因为一己的放任而受到损害，而人类社会本身的稳定，也会使上层、下层、外层、内层，层层系统达到和谐和稳定。这种对人类全体的肯定，应当能够代替过去神人之间的互相呼应的神学定义。

再从人类内部网络来看，假如设身处地站在别人的角度来看待事物，以自己身受的喜怒哀乐来体会别人的喜怒哀乐，将别人当作镜子中的自己，就很容易懂得中国文化中，儒家"己所不欲，勿施于人"的伦理要求。我过去曾经写过一首短歌：

读北岛《青灯》有感

仲夏梦里，星陨如雨。
一颗流星是一个人。

事迹，命运，缘分，
化作疾射的光点，投入无边。
一束光的轨迹，便是一个思念。
当满天光束纵横，
投情梭，纺慧丝，
编织大网，铺天盖地，
将个人的遭遇，归于诗人青灯的回忆；
将生民的悲剧，写进不容成灰的青史。
再洒上鲛人的泪滴，
如万点露珠，
遍缀网眼；
珠珠明澈，回还映照：

一见万，万藏一。

无穷折射中，

你我他，

今昔与未来，

不需分辨，

都融入 N 维度的无限。

芥子中见须弥，

刹那便是永恒——

人间在我，我在人间。

从儒家人本思想出发的论述，加上佛教的体悟：将人与人之间的关系，比作一个大网上无数的明珠，每一颗明珠都可以反映别的明珠，而别的明珠又可以反映出自己。假如人心如明珠，就可以用自己的心映照别人，又映照自己。层层回影，则方寸人心，可以参透全体，其大无外，其小无内。在这种情况之下，我们可以得到一个对自己更进一步的认识：万物皆备于我。这句话不是意指万物的一切，"我"都可以持有，而是意指"我"都可以体会，并由同情而得到彼此一体的感受。

由此建构的往复映照网络，也许有助于我们个人从无助而微小的自我，提升到我可以看见别人，也可以看见宇宙的自信和自尊。更因为具备这种自信和自尊，我们会相信

当代诗人北岛的散文集《青灯》

本作品表达了作者漂泊海外时，对故人、家国
深深的思念之情。

别人，尊重别人，不仅人与人彼此依赖，天人之间，也是相依相辅。如此，我们可以自动自发地对生活环境关怀，对人生价值关怀，人与人之间彼此关怀。

人类经过这两条路——从科技研究的职业伦理引申出来的生活伦理，以及我心观照他心引发的共同一体的体会，我们既可体认人的尊严，也可重建"万物皆备于我"的胸襟。这两套价值彼此配合，我们就可以从科技文明出发，建构整套人文价值，不必求神，而反求诸己，就可以找到安身立命之所。身心有所安顿，也许我们就能约束自己，抵抗贪欲，也就可以对无限扩张有所节制。无限扩张，已经导致经济膨胀的失控，导致资源的浪费，也导致了国与国之间、族与族之间、人与人之间的争斗。我们有所约束，也许就容易走到一个和谐的社会。在那个社会，自己有自由，也想到自由背后的节制；自己有权利，也想到权利背后的纪律；不妨进取，但也想到进取之时，顾及公平。

有了这些伦理观点，这三百年来近现代文明的缺陷，或许可得匡正。三百年来，世人自强不息，不断进取，不知节制，无意约束。整体而言，人类生产能力日日超越，生活水平不断提升。可是，强凌弱，众暴寡，战争、革命、压迫、奴役，人类天天在侵害别人，在损伤环境。人类已到了互相吞噬的地步，我们必须重新整顿自己，捡回人类应当共有的"人权"。人权不只是个人权利，还是全体人类

共同的人权。人为万物之灵，应当自觉知道，如何与万物
共存。人不可以伤害寄身托命的大环境。"天行健，君子以
自强不息"的"自强"，不只是对外扩张式的自强，也是自
求充实的自强。从这个科技文明的新阶段，我们应当致力
发展新的经济制度、新的社会结构、新的政治体制，庶几，
大家共享真正的民主、自由和公平，也建立天人之际更好
的平衡。

附　录

当今世界的格局与人类未来

余世存先生开场致辞

非常荣幸能有机会主持许倬云先生的讲座。在当今中国和世界的发展进入一个新阶段的时候，许倬云先生能分享他的智慧心得，是一个重要的现象和事件，中欧学院的朋友和我很有幸参与并见证了这一大事。

许先生今天给大家提供的是精神大宴，是正餐。我在开宴之前，先给大家简单介绍一下许先生和今天的演讲主题，算是花絮或甜点。相信有些爱听八卦的朋友能如愿以偿。许先生的知识非常丰富，涉及的领域非常多。比如说，大家都知道的中年早逝的作家王小波先生。王小波的小说影响过很多人，很多年轻人即使没读过他的小说，也知道王小波的一些名言，知道"一只特立独行的猪"。而王小波身上的自由主义思想，很多得益于许先生的指导——他在匹兹堡大学东亚系读研究生时，导师就是许先生。他的《黄金时代》在台湾《联合报》获奖，也是得益于许先生的大力推荐。

跟中欧的学员相比，我可能年龄稍大；但我跟许先生相比，又是后生晚辈。许先生今年93岁，比我大了40岁。这个人生长度非常有意思，我记得活了112岁的语言学家周有光先生就对一些人的悲观思想评论说，这些人活得还不够长。我每次感觉自己悲观和无可奈何时，一想到周有光先生、许倬云先生这些跨越历史短时段的老先生们，我就会乐观很多。

许先生见识过民国的气象和格局，小时候他家里挂着孙中山给他父亲写的字"海天一色"。许先生虽然出生时不幸残疾，却在读书时遇到了中国文化和世界范围内一流的大师学者，比如胡适先生、傅斯年先生、李济先生、沈刚伯先生、董作宾先生、钱穆先生。他在中国台湾、美国执教大半生，跟学术界的泰山北斗们共事，自己也成长为学术界的泰山北斗。

一般人以为许先生的学问受布罗代尔等年鉴学派的影响，他自己也说，他关心的是日常生活，是平头百姓。但许先生并不缺少对宏大问题的研究思考，我印象中许先生对人类历史上重要的地区文化的兴起衰落都做过梳理，受韦伯影响很深。正如历史学家汤因比等人，对人类历史上26个主要民族文明的兴起衰落做研究一样，许先生贯通了我们人类文明已有的经验。用他自己的话说："全世界人类曾经走过的路，都算我走过的路之一。"所以，在许先生那里，不仅有20世纪百年的人生经验，更有千年万年的历史尺度。

我注意到不少年轻的网友谦虚地说自己"没有资格""没有办法"评价许先生，但他们多承认，在看许先生的文字和影像时，"一个残废之躯，这一生不败不馁，不去争，不去抢，往里走，安顿自己。给我开了一扇大门。""一种巨大的暖意与安定感油然而生。""我没忍住和他一起流泪了。老先生很多话是说到我心里去了。"

但是，许先生并不是一般的学院中人，他在美国芝加哥大学博士毕业后，曾经回到中国台湾工作生活过一段时间。一边在台湾大学和史语所做研究、办学术行政，同时他投身于台湾的文化运动和政治民主化，被称为台湾地区"改革开放的幕后推手"。他还参与筹办蒋经国国际学术交流基金会，并持续多年负责北美地区的工作，奖掖后进，给年轻人提供机会，尤其值得称道的是，许先生亲自设计了"浩然营"项目，浩然营是把大陆、台湾及海外华人中的年轻朋友，政界、商界、知识界的精英召集起来，开头脑风暴。我当时看到许先生讲述的这个计划，非常震撼，我因此知道许先生不仅是立德、立言之人，他也是极少见的能够立功之人。

许先生对轴心时代有研究，如果请轴心时代的思想家们来跟许先生聊天，会是什么样子呢？孔子一定会称赞许先生的成人之美，苏格拉底会向他请教人如何认识自己，释迦牟尼则会示范涅槃寂静的方法……至于庄子，一定是致敬许先生"畸于人而侔于天"，就是说命运让许先生患有残疾，却又成全了许先生让他能够与天看齐，让他肉身成道。所以我说许先生是我们文明社会难得的头脑，这样的通人、智者分享的心得，是我们的福音，是我们的幸事。

对于许先生今天要讲的主题，"当今世界的格局与人类未来"，我想在人类文明已有的大大小小的文化发展中一定有似曾相识的格局，我也好奇许先生如何展望我们的未来。不过，许先生喜欢我们中国文化《易经》中的变易之道，我也用《易经》的观点来对世界格局做一个超越性的展望，希望能呼应许先生的演讲。

今天的很多人都意识到，东西方处在一个新的历史发展阶段，有些人对此忧心忡忡。但是从《易经》指示的法则来看，我们对东西方的关系是有理由乐观的。许先生也曾经说，从一二百年的历史发展看，中西文化冲突的说法并不存在，我对这一观察结论深表赞同。我们今天的日常生活，几乎都是以西方文化为主导的。东西方的关系，在《易经》的卦图里，清晰地指明，它们在本体上是水火既济和未济的关系，在实用上是泽雷随卦和雷泽归妹卦，也就是跟随的关系或男欢女爱的关系。所以无论从本体上还是实用上，我们都有理由对东西方的未来表示乐观。

即使不用《易经》的世界图式，我们也知道，东西方已经不可能绝缘，不可能老死不相往来。中国早就度过了古典的中国之中国阶段，也度过了向西求法的亚洲之中国阶段，现在正经历融会贯通的世界之中国阶段。这个世界的中国不是只出口老子、孔子的经典书籍，不是只出口各类农产品或工业品，也要示范一种平易的物理和健康的观念人情，分享一种自度度人的生存之道。

对我们的地球文明，或已经来临的智能文明，很多人还没有做好准备。这导致东南西北各地区有观念和利益上的冲突，这并不奇怪。重要的是，人们要清楚，自己跟他人相处发生的冲突来源于差异，这个差异大到什么程度？这个差异是好事还是坏事？如何从坏事变成好事？悲观的人看到差异带来的仇恨、凶险，乐观的人看到差异带来的机会、活力和创造性。事实上，东西方的差异并不大，我们都知道东西地区的差异只是时差，差得不超过一天24小时；而南北地区的差异才会大一些，是季差，是夏天和冬天的差异。这也说明东西方的矛盾不会大得不可逾越、不可调和。按《易经》的世界观，这个世界一直在变动不居，周流六虚，东西方乃至南北方，都将你中有我，我中有你。

许先生在世界诸多文明中发现并认可文化的力量，在这方面，他跟民国以来的文化大家如王国维、陈寅恪、费孝通等人一样，认为文化高于种族，在智能文明时代，文化也必然要超越血缘、地缘乃至国家的关系，而具有认同的意义。许先生还赞同中国文化的伦理特性，这个伦理传统对世界其他地区可能是陌生的，对我们当代中国人来说也是久违了的东西。能否把这样的传统激活，并服务于这个日益迷失的世界，我们中国人有当仁不让的责任。

限于时间的关系，我不能一直在这里饶舌。现在我就把位子让出来，让大家享受真正的精神大餐。有请我们尊敬的许倬云先生，请您开始演讲。

许倬云先生演讲正题

——当今世界的格局与人类未来

中欧商学院各位同人，大家好！我是许倬云，今天在这里，我与大家一起讨论一个共同关心的问题：世界经济的今天以及未来如何，尤其下一步我们会怎么办？世界永远在变，在以当前的世界而论，最能引导风波的是经济层面，所以我们从这个角度来讨论世界的格局和人类的未来。

01　"共享共有"的全球化贸易，总还是不公平的

第一，既然各位是"中欧"的同人，我讲一个欧洲最熟悉的学者布罗代尔（Fernand Braudel），他写了四本书，关于资本主义的发展、过程、条件。不用我再介绍，以他为代表的"年鉴学派"，是以地理作为长时段的研究对象——人作为最短的时段，中间的各种情势就是中间的时

段。在他的讨论完成之后，我们看见资本主义制度在欧洲产生，在欧洲施行、发展，而资本主义跨越世界的方式，是经过大西洋航道，将各处的物资调动形成一个全球性的三角形周转——周转的物品有的是银钱，或者以白银换原料、原料换成品等。多重局面之下的全球贸易，主从之间显然有很大的区别。

我借布罗代尔的意见来开这个头，指出这个世界在没有形成资本主义以前，区域性的主导者和服从者是有的。像中国这个国家，周围小的国家都像是铁遇见吸铁石，被吸在中国上面。中国也面临来自外部游牧民族的武装侵略，也有持续不断的武装抵抗。中国将自己的经济扩张出去，将别的小国家都纳入其周围。这种情况下，中国面对世界性的资本主义大世界冲击的时候，这种分化造成其中不可避免的后果——或者说资本主义化之后的世界，资本和资源不可能均匀地分布在世界上。在整个世界资本主义化，以及贸易自由化的格局下，总还是一个不公平的情势——权力不公平、义务不公平、财富分配不公平的情况。所以，下面我们该怎么办？

第二，根据布罗代尔提出的难题，我们看沃勒斯坦（Immanuel Maurice Wallerstein）的"近代世界体系"。他也是"年鉴学派"里面的一员，他讨论的是全球化的世界格局之下，经济走向现代化、一体化的过程之中，世界究竟是一个还是几个？构成世界的每个部分，有没有产生社会性的分割？比如说城市与农村、城市与周边、生产者与消费者、同一个国家里面的上层和下层之间的关系。于是，在这个情况之下，一方面我们看见的经济制度是主张"共享共有"；另一方面，"享"和"有"的分配，各处和各人都不相同。在这种普遍不公平的情形下，我们怎么谈世界格局？

就在沃勒斯坦谈"世界体系"的同时代，几乎同步组建的是 WTO——也就是世界共同市场，美国是这个体系的主要推手，目的是要将关税壁垒取消。这个情况不是沃勒斯坦本来要讨论的课题，但是这两个题目碰到一起，常常引起读者误会，以为沃勒斯坦是完全主张全球化的。其实，沃勒斯坦是要从正在发生的全球化里面，提出课题、提出问题来。

02　美国主导之下，当今世界的危机

我想要讨论的第三个大问题是：在这个不均匀、不公平的"全球化"分配之下，谁是世界的领导者？当时大家设立世界贸易组织（WTO），理想当中的状况是国与国之间没有关税壁垒，资源、资本自由流动，物价便宜、人人自由——"地球是平的"。然而，现实情况是，地球表面的地形非常崎岖，陷坑很多，障碍也很多。这个现实情况，如今我们看得很清楚。

即使美国是世界盟主的地位，当美元代替黄金作为国际结算通用货币，"金本位"变成"美元本位"的时候，美元究竟是一个负担，还是一个武器？当美国将其作为武器的时候，反而回过头来割伤了自己。因为美国采用强制手段，提高或者压低汇率，这会损害到整个的"均势"，进而损伤美国本身内部的秩序——如今看来，这种损伤马上就要显现了。

第二次世界大战以后，美国主导之下的欧洲重建，以及日本的重建和经济腾飞。这一阶段，出现低端产业国家替高端产业国家分担生产工作，以它的低工资、分工里面的下层次来供应上层次。美国忽然发现：欧洲市场忽然繁荣，以及日本经济全球扩张——昔日欧洲的穷亲戚，可以与自己平起平坐了；而小兄弟日本的车子，居然已经满世界跑。这使得美国不得不惊慌。

举例而言：将瑞典生产的钢铁运来，摆在匹兹堡的钢厂门口，价格比匹兹堡生产的还便宜。为什么呢？美国国内因为 union movement（工会运动），工人的工资一次次提高，运输成本提高，农产品价格提高——居然发展到无事不提高、无处不提高。依靠盟主的地位，美国占尽了一切便宜，可是"窝里头反了"。如此威胁，构成了美国必须担心的问题：美国国内本身有信用问题，有美元兑换之后公不公平的问题，以及美元的负担——全世界美元需求量大的时候，美国的印票机迅速运转，导致美国通货膨胀，最终反馈到全球，最吃亏的是通货资金发行的地区。

上述种种矛盾，让我们很清楚地看到了资本主义危机的存在。如何解决？不是资本主义本身一厢情愿就可以做到的。

所以，20世纪80年代开始，美国想办法惩罚日本，要将其压下去。最终，将一个生机勃勃的日本经济，将一个八佰伴、西田百货开得满世界都是的经济体打垮了。日本等于夭折了。到现在，这个夭折的日本，虽然以经济上的生产力而论是一个巨人；就其内部社会而论，是不公平到极点；而其在世界政治上担任的角色，是一个侏儒，只有唯唯诺诺跟着美国走。美国唯恐别的国家不做跟随它的侏儒，却忘了侏儒反过来问巨人要肉吃的时候，巨人该怎么办？这些情况都是当今世界的危机，而美国并没有注意到的。

此外，经济增长是有周期的。增长的局面到巅峰以后，是要垮下去的——除非有另外一波的成长，波顶对着波顶，拉成平线。商品有过期的时候，技术有淘汰的时候，资源可能有代替品出现——这个世界永远在变化。到最近的一波，是互联网科技的发展，已经数字化工具的大量出现——从生产到计划，都可以数字化。

此外，在这个大的局面之下，大家都一起发展到高端水平的时候，谁做低端的产业？而这个时候，高端国家的财富已经高度集中，信用又极度膨胀，市场交易、证券交易极端活跃——活跃到一个地步；交易所里面反映的经济状况，已经和实体经济严重脱节乃至于扭曲。这种"虚胖"，导致美国经济几乎每十年一个小危机，二十年一个大危机，不断发生。20 世纪 80 年代到现在，好几次美国经济出毛病，都出在美国本身资金的管理问题上——资本的信用不佳、房屋次贷的包袱、信用状的包袱、虚假的膨胀，以及资金外逃避税等。开曼群岛这个小小的地方，全世界资金都集中在那里，实际上运作都在纽约、伦敦和东京。如此情形，造成资本主义内部发展规律性的"曲线"。而这种"曲线"，是发展中国家前进过程中也要面对的。

03　台湾经济发展的经验和教训

库兹涅茨（Simon Smith Kuznets）就是专门研究"发展曲线"的，这条曲线前半段从开始、发展成熟到登顶，是令人非常愉快的过程。所以很多新兴的国家，就想趁着在库兹涅茨成长曲线爬升到顶的时候，将自身经济维持在顶峰状态。我国台湾就是很好的例子。我那个时候在中国台湾地区、香港地区和美国三处轮流工作，我亲眼看见——某种程度上，我参与了台湾民主改革的问题，但经济改革是当时最主要的课题。

　　20世纪60年代末，库兹涅茨被几位在美国的华人经济学家（刘大中、蒋硕杰、顾应昌、费景汉、刘遵义、邹至庄）敦请，到台湾去做顾问等这些人物，台湾这边对接的政府官员，从台湾地区前领导人严家淦，到经济安定委员会前委员李国鼎、前"行政院长"孙运璿。这几个枢纽人物，设计了台湾的经济发展模式：从农村减租、"耕者有其田"，转换到经济建设。他们采用的方法，是政府帮助企业融资，同时政府还在指定的土地规划工业园区，政府设立免税港口等大量的优惠政策，提拔、提升民间的资本上来。这相当于政府给民间企业打大量的"强心剂""营养液"，将一个力气不够的人变成"大力士"。

　　十年以后，台湾就已经是东亚四个竞争者里面，所谓"东亚四小龙"里面的头头。在今天看来，我的薪水涨了七倍，年年涨薪水——当然还赶不上美国的薪水。所以这种情况之下的台湾，大家都很高兴。

　　台湾经济发展到了坡顶以后，顾问们刚刚走，台湾政局改变，李登辉做台湾地区领导人，陈水扁接下去做台湾地区领导人。陈水扁实行了一个"金控银行"的改革，他说：我们为什么要拿政府的信用去向全世界押款？为什么不能向我们自己的银行押款？他鼓励银行兼并，包括信用合作社、房贷机构等已经成功运作生产的运转基金，都将其席卷到"金控银行"之中。结果，本来运作健全的小银行合并为大银行——大银行负责周转，最后等于是拿胸口的肉来扶持心头的肉，拿右臂上的肉割到膝盖上去，补膝盖上的肉。台湾本身"内溃"，经济发展迟缓，产生大量收入与分配的不公平。有大概半打左右的财阀家庭，其据有的资金成长了大概一千倍。物价不断上涨，其速度逐渐赶上了薪水上涨的速度，尤其房价更是如此。所以，台湾内部贫富差距拉得极大——内部的不公平形成了，而台湾的竞争力也丧失了。

台湾的经验被大陆看见了，整套搬过去，比台湾的规模大了几百倍，在更短的时间内满地开花，造成一片荣景。所以，我要跟大家提醒一下：台湾后面的后果是相当糟糕的。今天台湾看上去似乎还不错，老百姓很快乐，但实际上台湾内部是枯竭的；尤其台湾面临外部高端工业的压迫——他们指定你的高端技术只能停留在哪个阶段，不许发展到产业链的顶上来——台湾面临着内外双重的不公平。

台湾的经济发展到目前，实际上已经枯竭，内部没有力气了。这一个在台湾已经发生的窘况，值得同文、同种、同国家的大陆注意，我们必须自我警戒。固然大陆的市场比台湾大很多倍，内销有很大余地，但是内销的另外一个方向——内耗，也是相当需要注意的问题。所以我在此提醒大家，注意这个可能出现的困难。

04 中国经济崩溃的后果，谁都承受不起

那么，我们究竟怎么办？托马斯·皮凯蒂（Thomas Piketty）在《21世纪资本论》中，讨论了现代资本主义的成和败。我把皮凯蒂归入新自由主义经济学家里面去，他相信自由经济，并不主张计划经济。但是他提出来的困难，是值得大家注意的。

全球经济发展中如果资源太集中，是不是应该适当地调整一下？收入差别产生的阶级，以及知识程度差别产生的阶级，都会导致两极分化，尤其是强国和弱国、高端产业和低端产业之间，它们的经济差距都在拉大。如何缩短这种两极化，才能使得资本主义自由经济的局面，不会被自己两头扯、三头扯、四头扯，变成"五马分尸"？"五马分尸"的后果，就是席卷一切的革命，这是大家不喜欢看见的。

当前的世界秩序，究竟我们是只有一个霸主好，还是有多个霸主好？这值得好好思考。一个霸主他可以横行霸道，几个霸主大家互相牵制、互相制衡——你要看看他的眼色，或者他是我的镜子。一个霸主没有镜子，四个霸主不太好，马上就分成两边了——还是三个霸主好，三角形扯来扯去，彼此间都可以制衡一下。这个状态，我觉得我们是不是可以思考一下？这才使得高端和低端的分工，不会永远被霸权强制约束。如此一来，低端产业国家才有升等

的机会。

我们看见"华为事件"，孟晚舟莫名其妙地坐了那么长时间的牢，全世界的法庭居然没有判美国法庭的不公，也没有人来判加拿大法庭的不公。这个事件，是不是公道的事情？我不是为孟晚舟说话，我是认为事情本身不公平。我建议中国向联合国法庭状告美国、加拿大，告他们诬蔑人权、毁伤公道。

现在，我们走到结论上来。全世界都在看中国被惩戒——美国要"开除"中国，除非你就范。大家有没有想过，中国就范以后的后果？日本萎缩到今天，它的经济还能存在，是因为美国在替它做消耗——在日本驻扎着美国的军队，甚至东亚整个武装部分的修复、补给，很多工程包给日本做。如果中国像日本一样经济枯竭，从一个正面、有价值的 partner，变成一个负面的包袱，这种经济上的损伤和冲击，全世界谁背得住？"中国经济崩盘"这个炸药桶一炸的话，全世界是不是得一起走？这个"炸药桶"不是说天上掉下来的核弹，而是说假如中国经济大崩溃，这个十几亿人口经济体的大崩溃，全世界受得了吗？中国承载的全球经济中低端、中端的环节一崩溃，美国受得了吗？

所以美国是无知至极，太笨太笨，而且太一厢情愿了。美国将亨廷顿（Samuel Phillips Huntington）的理论当作像样的东西，福山（Francis Fukuyama）讲美国走到今天已然是"至善至美"——他不想想，任何人走到至善至美，就是衰败、死亡的时候。

历史的时间是永远往前走的，而且时间不只是单向度的，每个现象都有它的时间，都有它不回归的方向，但方向都不一样。亨廷顿的理论、福山"历史的终结"的说法，在历史学上看来不值一谈。这一点希望能够提醒大家，不要再听这些人胡言乱语。

05　对企业家的盼望，对中国的盼望

各位是领导国内经济发展的中坚力量，我在这里有一个愿望，向大家请愿。社会主义是不是能够完全代替自由经济，是一个大问号；天下有没有完全的自由经济，也是个大问号；有没有纯粹的计划经济，也是个大问号。还有更大的大问号：这个"计划"的对象是整个国家？是一个群体的企业，还是一个区域的企业？这些大问号，目前没有解答，我们摸着石头走路。

如同沃勒斯坦所讲，中国是一个在五千年经验中发展而来的经济体。在我写的《汉代农业》中，指出中国的精耕、自耕农业经济，不是一个纯粹农村的生产经济，它是交换经济、商品经济中的一环。传统中国农村，有农舍工业、有专业生产，这里所说的专业生产不是农村把吃剩下

来的东西进行买卖，而是"专门的"专业生产。

所以，各位是否可以想想：在企业跟社区之间、老板同雇员之间、相关同行之间，怎么样彼此协调，在某种限度的时间、方式、分寸之下，大家共同计划下，形成一个相对的小循环。这就是生产者本身遇见消费者，生产者将自己当作消费者之一——因为你的雇工就是消费者，你自己厂的设备就是消费品，你用的原料就是消费品。至于怎样做这个事情？套用日本话：会社，以会社精神联系主顾和同人。

同时，我对国内的形势，有很多的感想。相较过去，国内已经做得很好了。假如我们从全球性的眼光来看，这么大的一个国家，我们是不是在世界上其他的角落，我们也多尽一点力？

现在我们是工业挂帅、产业挂帅，固然开辟了新的农地面积，比如说雪水灌溉沙漠形成绿洲，比如说太阳能发电使得农村可以有很多电能可用，这都是好事情。我们能不能想一想：世界上的农业的供应不够，农业正在慢慢地落后。因为每一个国家都在走向工业化，走向都市化。看今天的世界地图上非洲的大城市，我们都会吓一大跳：非洲无复当年的丛林、荒原一片，很多耕地没有了。中东很多耕地没有了，中国很多耕地没有了，全世界面临着耕地减少的现状。我们能不能在工业生产之外，想想吃饭的问题？因为这是最根本的、教人存活的基本环节，在这个领域我们多用心一点，不亏本。我们精致的、高产量的工业产品，外销固然赚钱；假若我们的产业分布更均匀，自主性更强，被人家压制、抵制的局面就可以改观了。比如说，现在中国的黄豆依靠美国，我们其实不需要依靠美国的，东北当年是看不到边的黄豆田和高粱田。

第二个建议，是有关教育。因为我常常听见同学们抱怨，考试的关口是个大难关。水向低处流，人向高处走，教育变成一道"向高处走"的梯子。这条梯子不错，是应该走。但我们想想这一条梯子上面有两个功能，我们现在经常只顾及谋生的技能、专业的技能，有没有想到教育里面安顿自己的成分？建立文化系统，延续文化传承，使得人的心灵境界也有取得资源的空间，也有取得资源的来源——心灵资源的来源，恐怕非常重要，因为人不是生产机器，人是一个文化动物。

这两部分，各位都可以进入。一个产业可以设附属学校，培养这个科目的技工，集中于若干技能，针对生产所使用的机器、出产的产品逐个训练。短则两个月，多则一年，完全可以训练出合用的劳工。但你能不能也在附属学校，给劳工提供礼拜六学文化的机会，甚至如果他愿意的话，可以退出生产线加入文化事业；或者企业界共同支持文化事业、出版事业、写作班子等，都可以。我没有资格做文学家，我是替文学家、作家帮忙说话。我自己而论，闲时哼两句诗是一个大享受；写专业历史文章的时候，读两首词也是一个享受——这比写两个 page 的专业文章，还更让我高兴一点。我想，这是我对大家的一个期望。

06 结语：英美社会福利制度的启示

结束以前，我还有一个想法。因为我在美国居住、就业，1970 年做匹兹堡大学的专任教授开始，就有相当部分的薪水是放在社会安全福利金里面。到现在退休几十年了，我每个月的收入跟我在任时几乎一样。这是美国在 20 世纪 20 年代经济恐慌的时代，罗斯福设计的社会福利制度。一百年来，造福人间。

美国这一百年来的稳定性，超过了欧洲。假如在欧洲也有这种制度，第二次世界大战就可能避免了。社会福利制度的另外一个方向：在英国，费边社主张议会民主，社会福利条款经过社会立法、国家立法，变成零零碎碎的改正、补救——这种方式有它的好处，弹性很大。比如说在美国，老年人有一个叫 medicare（医疗保险）的制度，穷一点的老年人叫 medicate——一个贫穷的老年人到 80 岁以后，他什么都不用花钱了。

我一生下来就是伤残，按美国制度，如果我以伤残的身份，我一辈子什么事都可以不做，到死为止。但是，"我伤残就不需要做事"，这个是不通的事情。为什么一个人伤残，国家就要养他一辈子？假如在英国就很好办：我找个议员一诉苦，全国一签名——伤残者、议员全签名，一条立法出现了。在美国，现在没有办法补救，这是举一个例子。许多情形，不可能在设计时就想到的，也不是一棒槌设计"建国大纲"就能定的。孙中山的《建国大纲》，也是在两个政府之下，逐步实现一部分的。

前面我讲到费边社的社会改革、罗斯福新政的福利制度，这个都是可以补救资本主义弊病的。当今世界，确实需要将商品经济、市场经济的缺陷，进行重要的改革——不是走完全的社会主义路线，是"缓进的社会主义"。如此，或许可以避免许多冒冒失失的问题。当然，这中间孰利孰弊，也是需要施政者自己衡量。

我想，到这里差不多了。谢谢各位！我祝福大家成功，希望我们永远有个令人愉快的经济局面。

时间不容许倒退

许倬云答中欧校友问

Q1

逆全球化时代

中国文化如何应对时代挑战？

Q：在全球化停滞乃至倒退的时代，中国传统文化能否有机会再次发挥包容性优势，与西方近现代思想交融并蓄，发展出新的思想，以应对时代的挑战？

许倬云：这个题目我是这样想，全球化的停滞、倒退，是由于若干政治人物的政治作为。即使是美国总统如特朗普，他们的作为当然有影响，但不过是螳臂当车，时间不容他们停顿。

地球是一个整体，世界各处人们的相互接触和彼此影响，是没有人能够挡得住的。世界各处互相融合的过程，是随着时间一直在往前走，并没有倒退——时间不容许倒退。在这个进展之中，就是看谁主动，谁被动。

过去 200 年来，我们中国几乎都是被动的；我们往往只是向外面去学，中国本身的东西却不向外提供。也很少有人在接受外面的观念、事物的时候，将其有计划、有系统地考验一下：中国传统中哪些东西跟它类似？是不是中西方社会所处的条件一样？是不是我们可以发展出第三种形态？这种努力很少有人着手去做。因此在过去 200 年的时间里，我们"主动"的部分几乎就停顿着。

现在的情形已经和过去不一样，我们可以相对地提出我们的意见、我们的想法，也相对可以主动将我们的一些事物调整、修正以后，提供给全世界参考——我们这种特性的文化，我们的想法、观念，是不是可以有助于你们的改进？若是你们能由此改进，又可以帮助我们有所改进——如此才是各种族群、文明之间，并驾齐驱、互相帮忙、互相推动。

这个工作不能一时一刻见功效，但是必须去做；而且不能一年两年地来做，是需要一个时代接一个时代的人，大家共同努力，有意识地去做。我们这些在思想界、服务界的人，具体参与工作的小兵，大家都要努力去做。实际上我们每一个人——中国人、美国人、德国人……都不知不觉地在参加这个工作。

一架飞机到达一个城市，下机的乘客都来自他方，他们带来的就是各自本来的文化——包袱也罢，资产也罢，摆放在新的地方。每天几千架飞机飞来飞去，每天有几十万、几百万次的文书在报纸、电视、互联网上传播。这种互相影响，既是自觉的，也是不自觉的，这种相互之间的影响不可能停止。

所以，我们假如是在知识界服务的人，要特别警觉到这个过程。在这个过程之中，我们要有计划地参与，动员很多人参与；要时刻提醒我们中国人，有这种情况必须参加；也要提醒外面的人，说中国动员很多人参与了，欢迎你们也参与，我们可以互相讨论。

物理科学的量子力学里面，每一颗粒子有质、有量，也有能，没有一个粒子不是与周围的粒子互相交换能量的。我们人的世界、地球的世界、宇宙的世界，其实或大或小都是一样的。我们人身体之内的世界也是一样，有许多小的粒子，彼此互动，互相交换。这种想法不由于任何特殊文化出现，而是物理学家发现的，给了我们很好的提示：文化的项目何尝不是粒子？何尝不需要交换？何尝不在进行能量释放，发生质量上的改变？彼此的互动，造成了大的转换。

Q2
三大文明的演进
与冲突带来的影响

Q：伊斯兰文明、基督文明和儒家文明，未来会产生重大冲突吗？这三种文明的演进，会给世界带来怎样的影响？

许倬云：这三种文明之间，儒家文明和伊斯兰文明的接触，在唐朝进行得其实相当和谐。许多胡商，以及第一、二代的伊斯兰教信徒，都是从不同的地方来的穆斯林。

而穆斯林的第一个大帝国叫阿拉伯帝国，在取代了波斯帝国的同时，他们文化的开展不但接受了波斯传统，而且因为高仙芝（唐朝中期名将）兵败怛罗斯，高仙芝在安西都护府里带去的数千个工匠和文人，没能跟着高仙芝回到唐本土，而是留在那里参加了第一个伊斯兰帝国的建国工作，尤其是文化部分的建设。自此，伊斯兰教第一次大步迈出沙漠地区，由单纯的一个区域宗教转变成世界性的信仰系统，它背后有许多文化因素参与其中，将各自的文化传统加在它们本来的传统上面。除了前述中国文化要素，它们也接受了犹太教很大的一部分传统——可以说，伊斯兰教与犹太教是一前一后，伊斯兰教受犹太文化的影响太大了。

　　基督教文明和伊斯兰文明的冲突中，以政治性原因及
文明间的斗争、冲突为主体。基督教得到一次文艺复兴的
机会，就是因为欧洲基督教本身，丢掉了古代希腊、罗马
的传统；到文艺复兴的时候，他们再从伊斯兰教的基地上，
把古代希腊、罗马和波斯的东西取回到欧洲，使欧洲重新
走向文明世界。

　　到了近代，儒家和伊斯兰文明接触比较稀少，中间隔
了很强大的基督教文明。而基督教文明和伊斯兰文明的冲
突，从宗教战争以来，其实没有断过。近几十年来斗争
得很厉害，也是因为英国的霸权衰退，中东的霸权从英国
转移到美国手上的时候，美国并没有直接接过来，伊斯兰
自己的文化慢慢寻求自主独立；这时候，美国的霸权又插
进去了，才造成了冲突。最大的冲突，就是"9·11"事
件——美国纽约世贸大厦被恐怖分子炸掉了。从此以后，
没有一年美国不在中东动兵的。

　　但武力不是促进双方了解的办法，更不是促进双方和
解的途径，只是"以暴易暴"。他们两家要能够做到互相容
忍，还早得很。

　　基督教文明里面，英美集团对于伊斯兰教的侵略和迫
害，为时甚久，大概有 500 年。这 500 年，英美没有让它
们过太平日子。这个仇恨的结不好解，除非基督教文明让
一点步——但是这两个宗教都是独神教，不许人家干涉的。

中国儒家文明和伊斯兰文明之间，并不是不可能交通。例如在马来半岛，基本上是二者肩并肩共存，每天日常的接触，除了几次"排华事件"，回教徒和华人没有发生大规模争斗的问题，就像邻居之间的互动一样。这是一个可以互相共处的例子，彼此了解各自的传统，也懂得、尊重大家日常生活习惯的不同。所以，这个互存、互相了解，是绝对可以做得到的。

等到三家文明，互相能够容忍合作的时候，世界就太平了一大半。

Q：在传统小农经济社会里，商业和商人是排在末位的；到了工业社会，商业和商人被提到更为重要的位置；现代社会更有膜拜商业的趋势。您认为，应该如何客观地看待商业在中国文化发展过程中的角色？商人阶层能起到什么作用？

许倬云：我是学历史的，所以我从历史上看。一万年前的新石器时代，我们看到的例子是，不同的遗址代表不同的文化、不同的集团，它们中间彼此是没有断过的——在那么早期的时候，就从来没有停止过。

我们看到，盐被一桶一桶地运送：在中国，可以在河南收到山东运过来的盐，有的做成老虎形，有的做成牛形，有的做成方块形，一块一块的；在希腊，他们在盐桶里分头装了盐干和盐水，送到几千里以外去。这种商业在新石器时代，在中国有，在世界各处都有。

等到青铜时代，就有了更多的交换。青铜铸造的器具是有流通的限制，但是铜的东西、制铜的材料、陶器、燃料、装饰品、玉石，还有做铁器的时候，炼铁的铁矿、加入铁矿的碳物质……都是一直在交换的。

农耕作物也没有一个停留在自己的小圈子里面，纷纷往他处传播。我们从西方接收到麦子，我们的小米传到南洋，甚至传到美洲。中东的麦子传到中国的北方，中国的大米和印度的小米在恒河那里交汇，传到非洲去，跟非洲土生的另外一种稻米互相影响。从农产品的品种来说，一直都在交换。

春秋时期孟子讲过：在市场上，人们站在田坎两边做交换，一边带着鸡和鸡蛋，另一边搁着米和木器——你的鸡蛋换取他的木头，或者用鸡去换稻米，这就是"商"。中国的商业行为一直存在，"士农工商"里面，"商"是重要的一环。

《史记》的《货殖列传》提到，那时候就有相当于麦当劳一样的熟食，在大城市里面供给老百姓吃。你能不能相信，那时候就有大的企业家和工厂？坐拥天下的秦始皇，要把钢铁厂的女主人当成上宾招待，让她在朝廷上参加朝会。

我自己写过《汉代农业》，特别指出中国精耕细作的农业，一定有非农业的产品，也就是农舍工业出产的工艺品。农民在农业劳作以外，在非农时间，做出商品在市场上交换，全中国就构成了一个经济流通的交易网——汉代大量发行铜钱、金钱、银片，都和这个流通网有一定的关系。

到了唐以后，中国的制造业和外销业是世界最大宗的；宋代是当时的世界外贸第一大国，不比今天中国"世界工厂"的地位差。

所以，坐贾行商一直在中国具有很重要的位置。过去如此，将来也如此。"士农工商"的"商"排在后面，不是合理的安排。但是，这四个字的安排，总要有一个次序——怎么安排都不适合，所以我想是大概跟四声声韵（平声、上声、去声、入声）有关系，"士农工商"念起来好念，这是我个人的观点。

所以，我希望各位在工商界工作的朋友们，不要自轻——以为大家看不起商。中国商人一直具有很重要的地位，战国时代的大商人甚至可以买下来一个国家，有些商人也可以凭借自己的力量和智慧停止战争，这个威力多大。谢谢！

Q: 许先生曾经提到过两句话：历史永远只讨论特殊性，不讨论普遍性；历史竟是屡次不断地重现的错误。请教您：如果只着眼于特殊性，那么我们学习和研究历史的意义是什么？对于历史事件的分析，是否旨在对未来有充分的启示甚至预测？如果没有普遍性，为何我们又总是看到举例的错误一次次重现，甚至给人类带来深重的后果呢？

许倬云：我这两句话有上下义，应该包括在内来看。"历史永远是讨论个案的历史"，我指的是：一个历史事件，我们要讨论这个事件，为什么在当时、当地、那个时空中，由那几个人造成的情况——这是焦点，在这个焦点上，我们就要讨论特殊性了。

别的时间、别的空间，有没有相类似的事件？别的人在类似的 case 里面，为什么他们的行为会不一样？为什么两个历史事件会不一样？为什么我们可以把历史当成 case and case？分成一类类的？司马迁的《史记》，就是要讨论"古今之变"——也就是讨论变化，在常态之中找到变，再从变中找到常。

我举一个例子：长江里面是船来来去去，上下游来往的船，还有截流而渡的船——无数的船来，无数的船去，翻船处处都发生。每一个"翻船事件"都是个案：张三在赤壁之下翻了船；苏东坡在赤壁之下听了音乐，他没有翻船，挺痛快地过了一个晚上。这个就是特殊性和普遍性的区别——我们一定要在个别的 case 中，找出它的特殊性，连带着找出它的普遍性，然后才能说明历史在进程之中有一个特性。

我一辈子做的研究工作，就是把个别的 case 团成一团，讨论它演变的过程。这个过程本身，是历史事件最重要的条件。在这个过程里面，讨论到文化，以及某一个文化中某一类的事件会发生若干的形态，我是从特殊的 case 来看整个的过程。所以，我从来不觉得历史只讨论特殊性。我们讨论人的个性、人的文化，从来不只是讨论张三李四，而是把张三李四作为人类里面的一部分来讨论的。

Q：您认为世界经济的逆全球化，将给中国及人类文明带来怎样的影响？

许倬云：前面一个题目说过，逆全球化是一个偶然的情况。现在短期受一些特殊的人的影响，尤其是现在白宫的那些顾问，那批人的主张我是很不赞成的。他们的影响造成了美国的国策——这个后果是他们迟早要自己搬起石头砸自己的脚，吃亏的不是别人，是美国自己。

我们在美国，现在就面临着这样的情形：日常货物的供给不如以前充沛和完全，物价经常在涨。很多人已经反映给他们听：你们把特殊的国家封杀在外面，不做正常的交换和交流的话，物资的流通、全球性的流通就被打乱了；打乱以后，反过来最吃亏的，其实是自己这主动封杀的人。

所以，这对中国及人类文明的影响，我想是有的。但不会长久，因为这个逆全球化的行为，不可能长久维持下去。

倒过来看中国本身。第一，中国内部天地够大，我们在外销不行的时候，转为内销，内销的物价降低，使全民受惠。赚的钱虽然稍微少一点，但是逼费省了，内销扩大，是可以补偿的。第二，中国可以打进美国没有封杀的地区，在那个地方提供供给，开拓新市场。如此一来，因为这个封杀，中国反而得到了新的天地。

而对人类的文明而言，这个过程将是一段不愉快的回忆，但是挡不住世界未来整合成一体的总的趋向，整个人类文明将来一定是逐渐融合。我们希望在融合之中，保持各个地区的一些特色——大家都长成一样的话，也就不用买菜了，都种土豆就算了。

所以，对你这个问题，我感觉长远的影响是没有的。这个影响是短期的，此刻而已。

Q：信息化时代反而造就了更多的资讯茧房，越来越多的人只接受自己认同的观点，看起来这几年这个世界反而更为割据和分裂了。你如何看待这个现象？

许倬云：我的解释是这样。最近这几年来，信息化的现象进展得非常迅速，迅速到很多人抓不住了，也受不了了，他就觉得自己无法适应信息快速地流转。假如是游泳的人，在游泳池里突然发现水流的速度超过了预期的话，他就会靠到游泳池的边上去抓住栏杆，他不愿意在大潮中开始转，这是因为他自己适应不下来。

资讯工具的供给如此迅速，迭代如此快速、如此短程，这个不是很健全的现象，是竞争之中出现的"过分满足"，就是 all-situations。将来经过充分的市场调节，它会慢慢调整得好一点。等到那个时候，大家适应于这种工具的众多、迭代的迅速，可以用正常、合理的方式方法，使用这种工具传递讯息，就不至于感觉受不了，不至于退缩了。

我自己的感觉是，在这种潮流很迅速的时候，一个人抓到手边能用的工具，先习惯使用它，不要拒绝，不要停止。有新工具、新的方法出来，我们先试试看，能用就用——不能用，甩在一边，过一阵再说，我还可以用另外的工具。这样使得我的需求和工具的 availability（使用价值）可以由我做主，不要由市场的推销者来做主。

每个人对自己周围的讯息包，永远可以由自己调整——这个主动权在你，不在人家。

请各位了解：我今年 92 岁，只能用两根手指头，我可以用电脑打字，但是辛苦一点，我也可以看电脑，大多数动作可以做。但是我的同辈人里，有些人停留在 Fax 传真的时代，有的人停留在打电话的时代，有的人停留在贴邮票寄信的时代。所以这种技术、信息快递迭代的情况，如何应对是因人而异的。每个人要自己想到：这么多便民的工具出来，本身是在试探市场的接受性。如果它设计得不好，功能不够，它自然会被淘汰。所以采用哪种工具、哪种系统的时候，要带着一个态度是：我也试试看，我也尝尝看，有用我就接受了。

关于信息本身，大家要了解：信息本身是永远流转的。就像我们在流水旁边，你的手在水里面，所有的水流过指头缝——有的停，有的不停，就看你的手指头缝是关还是开，主动权在你。开的话，所有的东西过去而已；关的话，你肯定捞到一个落花流水——流水里面那一朵玫瑰花，这是一个比喻。所以，这一切要看你自己，工具跟你的关系，是看你的。

你说现在这个世界格局分裂，我认为也不见得。世界格局下大家彼此之间交流、交通的工具和通道，非常非常复杂，也非常非常多，互联网的途径只是其中一条而已，还有传统的海船运货、传统的飞机载人、电话里面的消息等。没有哪个地区真的是被搁置和分裂的，除非有些国家抵制外面的信息，它关门了；或者有些国家要阻止另外一个国家接收信息，像美国不许俄罗斯接收外面的信息，用网络战争的方式搅乱俄罗斯，导致它们得到的信息是错的，这也是一种可能性。但这不是常态，常态应当是大家逐渐地接触更多，更适应于新的东西、新的信息。谢谢！

Q3

"一日三餐"之中
也能显现人生的意义

Q：人类发展几千年，进步的都是各种科技和技术，而人本身还是与您写的《西周史》里的普通小民一样，面对的还是一日三餐的苦恼和原始的欲望，似乎没什么大的进化。普通人该如何寻找人生的意义？

许倬云：这位先生读了我的《西周史》。《西周史》里我是写了普通小民，但是我觉得他们当时所做的事情，除了一日三餐以外，还做了很多事，也许我应该在书里面更多地提一点。

我们研究史学所用的材料，不一定是来自古书和史官记录的材料，我做研究什么材料都用。所以我的书里提到农业技能，还有比如烧瓷器的技能等，都有。再比如人们发展出来的崇拜的对象，像崇拜太阳、崇拜树林等，我都提过——包括阴阳五行、神仙鬼怪都有。

当时的小民，做了很多尝试。比如单单以农业来说，西周本身农业的进展其实不差。西周本来只是在今天关陇一带的泾水流域，也就是河套平原旁边陕北那一带的小族群。西周的老百姓也罢，西周的贵族也罢，要面对周围许多其他族群。北边有鄂尔多斯的一些文化，西边有西戎的文化。这些文化向西周提供了用马的技术、用车的技术；已给他们带来铁打的刀剑，还向他们提供了许多日常交换的产品和商品，他们也参与到了西周集团的成长中。然后西周集团组织了大的联军向东进发，不是去陌生的土地，而是他们一直来往的邻居，也成为扩张、作战的对象，他们的对手在山西、在河南，后面也都是各种不同的族群。族群之间的交流，不只是贵族之间的交流，许多小民百姓也在交流，跨族群的婚姻非常常见。贵族也如此，一般小民如此，不然用不着几个"姓"。"姓"就是标记族群来源——不是简单的"姓"字而已，那就是族群的标记符号。所以那时候小民做的事很多，包括他们思想上的改变。

西周从开始到组织成功，贡献最大的就是将商人提出的"天帝"的观念，转变为对"天"的崇拜——他们认为这是宇宙间最崇高的部分，经过人的超意识，经由人类无法探测的"神圣"意识，我们畏惧天命，我们接受天命的吩咐。天命让我们天天长进，我们就要天天长进；天命让我们对人家好，我们就对人家仁慈。这不只是贵族在做的事情，所有当时的人们都有意识和无意识地参与其中。没有一个信仰是靠一个人、一天之内传下去的，信仰是大家共同铸造出来的。

讲到一日三餐，在西周人的遗址里面，我们看到和商人遗址比，不仅吃饭的工具不一样，蒸、煮、炒、烤的都有了，而且他们喝酒的工具、装酒的酒瓶子等，远比商朝人要少。所以，商朝人常常有喝醉酒的记录，比如商纣王的"酒池肉林"，但周人会谨慎地吩咐自己的子孙：不能躲懒，不能喝酒喝糊涂了，不能杀人，人都是生命。这些，都不是贵族想出来的，而是大家全民琢磨出来的。

所以，我认为西周代替商，是一个很大的进步。有这么一个大的族群进去，改变了信仰，改变了人们对日常生活的态度，改变了浪费、糊涂、骄奢淫逸的生活方式，走向精准和多元，这都是了不起的事情。

在西周，在泾水流域出土的铜器上的纹饰而言，已经与更早期的仰韶文化所出土的纹样不一样了。更多的铜器是新花纹，有所谓斯基泰的花纹，有缠丝纹，有失蜡法这类新的铸造技术，这都是工人做出来的事，这在中原是没有的。到了中原以后，他们和中原的块铸两个合起来，变成更进一步的西周的工艺。这都不是公侯伯子男做的事，这是铜匠、铁匠在做的事。所以，小民不是只有"一日三餐"，他们参与很多事儿。

Q4

"不以物喜，不以己悲"

知易行难，我们如何做到？

Q：关于人生的道理大部分人都懂，但"知易行难"，要做到"不以物喜，不以己悲"太难了，先生有什么好的方法可以借鉴？

许倬云："不以物喜，不以己悲"，原来的出处，大家最熟悉的就是范仲淹的《岳阳楼记》。岳阳楼是滕子京重修的楼，建楼的人没有看见这座楼完成就走了，范仲淹其实也没有到岳阳楼去。他的文章写得很巧，岳阳楼上看八百里洞庭湖，烟波浩渺，春天的白天看是一个景象；冬天的黄昏看，是很大的另外一个景象。然后他提出来两个核心概念：一个叫作"悲"，一个叫作"喜"。这是人随环境、随时间转变而产生出来内在感受的差别，是一个生命个体对外在情况的辨别，你要懂得欣赏——岳阳楼上既能看见"物喜"，也能看到"己悲"的局面。

在庄子《逍遥游》里，也有类似的话。《逍遥游》里讲：人不要受世俗环境所拘束，你要自己受了拘束，就被捆住、绑住了。后来他讲到列子"御风而行"，不受地面障碍的约束御风而行，乘着风走。他也没有翅膀，又不是坐直升机，他怎么能御风而行？他是以意为之，他自己假想可以超脱陆地上的障碍。因此，《逍遥游》写了大鹏"抟扶摇而上者九万里"——大鱼从海里跳出来，乘着云气、背负青天翱翔于天地之间；也出现后花园里树枝上的麻雀，和天上的大鹏哪个快乐的讨论——这是一组相对的比较。

汤之问棘也是已。穷发之北，有冥海者，天池也。有鱼焉，其广数千里，未有知其修者，其名为鲲。有鸟焉，其名为鹏，背若泰山，翼若垂天之云，抟扶摇羊角而上者九万里，绝云气，负青天，然后图南，且适南冥也。斥鴳笑之曰："彼且奚适也？我腾跃而上，不过数仞而下，翱翔蓬蒿之间，此亦飞之至也。而彼且奚适也？"此小大之辩也。

——庄子《逍遥游》

庄子的"底牌"被范仲淹承接下来，在《岳阳楼记》中显现：人和环境之间的互相选择，是环境影响你，还是你自己的心情影响自己？他在《岳阳楼记》最后，笔锋又转到了当时宋朝的环境。皇帝在京中坐着，外官在外面做事。范仲淹做过外官，也做过京官，做过非常被信任的、几乎是副宰相的职位；他也被贬到外面去做过小官，管零零碎碎的、鸡毛蒜皮的事——两种位置他都能做得好。他被贬到西夏边上去防守边境的时候，就写出了《渔家傲》这一千古绝唱。他在中央朝廷管大事的时候，他主持了庆历改革。

他说，我们关心天下事的人，要"先天下之忧而忧，后天下之乐而乐"。"先天下之忧而忧"，是指人家没有忧虑的时候，我帮他先忧虑，防止所忧虑的事情出现，使得人人不乐、人人不安;"后天下之乐而乐",就是说一切都安定妥当了,没有后遗症了,我才喘口气。

嗟夫!予尝求古仁人之心,或异二者之为,何哉!不以物喜,不以己悲,居庙堂之高则忧其民,处江湖之远则忧其君。是进亦忧,退亦忧。然则何时而乐耶?其必曰"先天下之忧而忧,后天下之乐而乐"乎!噫!微斯人,吾谁与归?

——范仲淹《岳阳楼记》

这是把世界背在身上的责任感,不只是说"知易行难"。"知"也不易啊!要能这样"知"也不易啊!也不只是说"不以物喜,不以己悲",而是无论悲喜,我都是把天下揽在怀里。

这是我解读的范仲淹的这段话。谢谢!

余世存结语：一切善念都将相遇

中欧的校友们，今天的活动到此进入了尾声。据我所知，许先生是有愿心，想托付给这个社会有担当的精英人士。中欧的朋友们在疫情持续的阶段，也想听听智者的声音。这些都是善念，而一切善念都将相遇，我们今天一起成全的就是这样美好的缘分。

对我们很多人来说，这几年过得很不容易：战争、疫情，以及次生灾难，几乎让所有的人卷入其中，难以置身事外。但今天的感觉可能不太一样，因为许先生与我们同在。用古人的话说，这是"视民如伤""吉凶与民同患"。用我自己喜欢的话就是：尽管我们为活着所苦，我们易受诱惑，我们犯下罪错，但无论如何这世上还有我们的朋友，世上某处总还存在一位高人和智者，他是全知的心灵和畏悯的眼睛，他知道真理大道，将来到我们这里来，在整个大地上获胜。

　　而我们只要有这样的信念　我们就能活在大道上。我也希望中国人，我们所有华人能够自信自强，并能融入人类的主流文明，跟世界其他文化共处，能够勇敢地呐喊、更愉快地相信、更坚定地创造、更热烈地爱。

　　再次谢谢许先生，有公如许，我辈何幸。谢谢大家！

后 记

　　这一系列的讨论，固然是因为目前全球性的经济危机而起意，然而，我对近现代文明的盛衰已经注意了很久，才因为这个机缘而做了比较系统的陈述。我盼望读者们了解到：目前的困难，不是周期性的调整，而是长期过度发展导致的衰败。在这一本小书之内，读者们可能已经注意到，近现代文明的发展处于领先地位的，基本都集中在高度工业化的西方国家。近代文明的起源，也一直要追溯到西欧的启蒙运动。当然，这也是自然的现象，因为近代文明本来就是在西方的文化圈内发展——那是从中古时代的衰敝，迸发出来的一个市场经济和工业化的文明。

　　在这将近二十篇的文章之中，读者们可能已经注意到，中国在这几百年的世界发展历史中，不是陈述的重点对象。在后记之中，我想对这一方面有所澄清。三百年来近现代文明的发生和发展过程中，中国其实并不能置身事外，只不过中国扮演的角色是被动的，而且常是不自觉的。三百年来，世界近现代文明发展的每一个阶段之中，中国都是不知不觉地参与在内。开启大洋航道和西方的宗教革命这两件大事，都可以说是西欧启蒙运动的重要背景。培根指出，中国人发明的罗盘、火药、造纸和印刷术，是人类历史上重要的贡献。培根的这种说法，其实全是针对着西方历史而言：没有罗盘，远洋航行将不可能发展；没有火药，欧洲封建城堡就不会被摧毁，而西方列强对世界各处的侵略，也不可能产生如此巨大的威力；没有造纸、印刷技术，知识普及不会容易，而意见的交流，也不可能这么普遍。扩大活动范围和批判旧传统，这两个新风气的形成，正是西方知识分子质疑和推翻天主教禁锢思想的重要条件，西欧的启蒙运动，因此才能够一发而不可遏止。培根提出中国的四大发明，是为了解欧洲历史的形成过程，并不是在中国人发明的事物之中，单单挑出这四件发明介绍给世人。

在启蒙运动发生过程中，欧洲人转向东方，将耶稣会士介绍的中国，当作当时欧洲政治制度的对照。他们以为，中国的皇帝，例如康熙帝，就是一个哲人王者，而中国的儒生文官，其文化修养和专业知识，都不是西欧的武士可比拟的。他们下意识之中，拿这个神秘的东方，当作柏拉图理想国的模型。当然，到了18世纪以后，他们忽然发现，中国的一切其实不是这么美好，中国也有许多严重的问题。可是，至少在启蒙运动的前期，中国与中国文化的形象，曾经被当作他们可以参考的对照面。借用中国的成语"郢书燕说"❶，他们正是借这种遥远的模糊形象，作为自己改进的榜样。当然从具体的方面讲，中国的文官制度和考试制度，也确实对他们建构近代政府的理想制度有过一定的影响。

在西方列强掠夺新大陆的财富时，美洲的白银也大量地运往东方。中国获得了新大陆白银产量的将近一半，使得中国至少享有两百年的经济发展。新大陆的农作物，例如玉米、番薯、番茄传入中国，使中国的粮食供应增加，可耕地和人口数量都随之增加，改变了中国的生态和经济面貌，尤其中国的中南和华南，城市化和生产量都有可观的变化和成就。因此，中国在经济全球化的第一阶段，已经不知不觉被拉入全球化的网络。

紧接下去，欧洲工业革命以后，生产能量急遽增加，中国成为欧洲产品的重要市场。中国不仅赔出了那些赚来的白银，甚至付出更多，以致19世纪的中国迅速变得贫穷。在当时世界市场之中，欧洲在中国占领的市场比重超过非洲和中东，因为中国地方大，人口多，市场的收纳量极为巨大。英国和美国的纺织业者都曾经

---

❶ 郢书燕说　语出《韩非子·外储说左上》，比喻穿凿附会，曲解原意。

梦想，只要中国人多穿一寸英美工厂出来的棉织品，就可以维持英美纺织业的继续成长。

在帝国主义列强争夺市场和原料的过程之中，古代的三个大帝国，奥斯曼、莫卧儿和中国，都受到严重的冲击。那两个帝国都瓦解了，中国虽然历经艰险，却始终保持独立、自主和完整。这个现象，对于帝国主义列强来说，也有相当的意义。欧洲人征服非洲，把非洲分割成一块一块，毁灭他们的王国，解散他们的部落。在非洲广大的殖民地上，白人必须负起管理和行政的工作——他们称为"白人的负担"。同样地，在太平洋、印度洋的岛屿和印度次大陆，白人也认为他们有天赋的权利和责任。在这些地方，西方列强几乎是无偿地取得资源，也肆无忌惮地倾销他们的产品。但面对巨大的中国，他们并不需要担起管理的责任，只要有市场在，他们就可以倾销，赚得的钱又可以取得够用的资源。于是，帝国主义列强的经济算盘上，中国这块土地是独特的，和其他各处的市场都不一样。中国市场支撑到了19世纪和20世纪，对其自身的资本主义萌芽确实有过极大的推动作用。

另一方面，经过一百五十年的历程，中国一步一步被卷进近代文明，吸纳了不少以西方文明为主体的近代文明。西方人在中国设立学校，中国的学生到外面去留学，都将西方的现代知识和科学技术，一代又一代地传到中国，使中国进入了以西方为主的近现代文明圈。中国人在接受新文明的过程中付出了沉重的代价，他们将自己传统文化中的人文和社会伦理的精华都逐渐遗忘了。今天，海峡两岸的大学课程都是英美大学的翻版。犹如邯郸学步，我们真的忘了"故步"，只得"匍匐"而行了。我们自己文化传统中的修养和智慧，几乎已经完全丧失了。

经过与西方的较劲和最终的挫败，中国改变了自己的制度，从两千年的帝制，转变成民主政治。孙中山提出的建国理想，"民有""民治""民享"，并不完全是从资本主义市场经济的角度来设计的——其中"民享"的部分，相当程度地注意到了资源的公平分配。市场经济主张的自由政治，与社会主义主张的社会福利，这两个理想，不仅在中国都有人提倡，而且中国的实际政治，也在这两端之间摆动，有时趋向这一端，有时趋向那一端。在20世纪的中国，这两端都未落实，更谈不到两端的均衡。可是，一百年的摆动，也确实为中国部分地建构了起源于西方文明的近代制度。如前面有一章所说，西潮东渐，西方的帝国主义列强征服了全世界，几乎让全世界臣服于暴力的殖民统治之下，但只有这一片广土众民的中国，却是它们没能够完全征服的。一百多年来，中国保持相当程度的独立，对于过去被征服的东方各个国家，都是可以借鉴的榜样，尤其东亚各国，看了日本人完全模仿西方而置身于帝国主义之列，反过头来欺负东方人后，更希望了像中国一样保持一定程度的自主，虽付出重大代价而不悔。西方征服的许多殖民地因为具有这一理想，才使得它们在"二战"以后纷纷争取独立的国家地位。中国一百年来的挣扎，既是挑战了现代文明暴力征服的部分，也因为自己的坚持，使这一长达数百年的暴力行为，终于走到了尽头。

西方近代文明走到最后一个阶段时，中国也并没有置身事外。在多年的动荡中，中国依然逐渐建立了自己的工业，也开发了自己的资源。1914年第一次世界大战开始以后，西方曾将在中国设立的工厂撤离中国，在四年短暂的战争期间，中国发展出了民族企业的雏形。虽然只是一个小小的萌芽，却是后来中国走向工业化的先声和基础。今天，一些中国人集中的地区，都俨然成为世界的工厂；海峡两岸联合新加坡等地的华人资金，已经改变了今日世界的经济布局。这一大片力量，与同样成为新兴国家的俄国、巴西、印度，对世界经济的未来走向，更具有举足轻重的影响力。近代文明系统的经济版图，终于要改变了。本书后面若干章所讨论的对象，也一定会引发其他各方面如政治、文化、社会等的变化，其变化之巨大，最终会使近现代文明完全转型。

　　因此，中国从一个不自觉的参与者，已经变成了一个参与建构全球文化网络的合作伙伴。经历了三百年之久的蜕变，我们竟可以如此说：西方近代文明，从最初的理想，到最后的终结，每一个重要的阶段，都有中国的影子或中国实体的参与。这也正是人类文明全球化的过程中一个必然的情况。毕竟，中国承载着中国文化的传统。东方已经有几千年的发展经验，其中有不少深厚的文化精髓，很值得我们选择、采撷，并纳入新文明之中，成为全球文化的一部分。邯郸学步，并不需要抛弃那些不朽的精神资源。这一筛选、改组和诠释的工作，也是最后一部分的工作，却也是最不容易进行的任务。不过，中国人必须如此做，不但是要自觉地做，而且是要努力地做。中国不能够自满于今天获得的财富，更不能自满于在全球经济格局上的地位。中国应该更往高处看：所有人类，包括中国人，都将合组一个大家共有的人类社会。在世界共有的文化之中，中国几千年来累积的许多智慧，应当有其不可忽视的价值。经过创造性的转移，人类文化之中的东方部分，庶几能矫正和弥补西方近现代文明的缺失，彼此融合为一，变成全世界的未来文明。

　　这一系列的讨论过程中，我得到了陈航和陈珮馨不少帮助，没有他们的策划和传录，以我八秩老人的精力，很难如期地提供给《南方都市报》刊登，我对他们二位怀有诚挚的谢意。对于《南方都市报》编辑部的同人，我也感谢他们的努力。对读者们，我只盼望书上提的这些问题，能激发大家自己的思考——不只是阅读我提出的一些意见，而是从这些意见上引出大家自己的看法和想法，并将看法和想法付诸实践。

许倬云

2012 年 2 月 3 日于匹兹堡

图书在版编目（CIP）数据

世界何以至此 / 许倬云著. —北京：九州出版社，
2023.1

ISBN 978-7-5225-1597-7

I. ①世… II. ①许… III. ①世界史－通俗读物

IV. ① K109

中国版本图书馆 CIP 数据核字（2022）第 235886 号

世界何以至此

作　　者	许倬云　著	
责任编辑	云岩涛	
出版发行	九州出版社	
地　　址	北京市西城区阜外大街甲 35 号（100037）	
发行电话	(010)68992190/3/5/6	
网　　址	www.jiuzhoupress.com	
印　　刷	嘉业印刷（天津）有限公司	
开　　本	880 毫米 ×1230 毫米　32 开	
印　　张	8.875	
字　　数	156 千字	
版　　次	2023 年 3 月第 1 版	
印　　次	2023 年 3 月第 1 次印刷	
书　　号	ISBN 978-7-5225-1597-7	
定　　价	59.80 元	